译文纪实

ENCOUNTERS WITH THE ARCHDRUID

John McPhee

[美]约翰·麦克菲 著

岳韦 译

与荒原同行

上海译文出版社

第一部　山　脉

冰川峰荒原。小木屋矗立。百米外的土道，绵延穿过喀斯喀特山脉。时值仲夏，森林中孤零零的小木屋，眼望着十分突兀。虽然不过是三平米半见方，却实实在在有两层，上面还有一个高耸的尖屋顶。在屋脊之上，还架着一根三米长的木杆。一把雪铲绑在木杆顶端。在这样一个清凉的夏夜，那些在木屋前卸下肩上重负的登山客们——正像我们五位现在这样——抬头就可以看到那把雪铲，想象有人在十多米之上的雪地中跋涉，先得找到这把雪铲，还得一铲一铲挖到门边，不由人心中肃然。这就是奇兰县的雪况调查队在冬天里要使用的小屋。他们得在下雪时测量积雪深度和雪密度，并估算出融雪时的大致径流。这是因为在华盛顿州这一带，会积起超乎想象的、超大量的雪。而他们从事的工作，对居住在山脚下的人至关重要，其影响甚至超出了整个山脉地区。

我们当然不是来做雪况调查的。我们都累坏了。从下午三点开始，我们已经连续攀爬了十二公里左右的上坡路。我们中间，一个六十多岁，一个五十多岁。在这仍显寒冷的山区里，这样一幢小木屋对于我们整队人来说不啻是个天堂。除非是在仲夏季节，否则那土路根本无法通行。为了这次旅程，我们不得不等待冬雪融化。小屋登记簿上的一条记录表明，就在前一周，也就是8月5日，这里还在下雪。把我们吸引到喀斯喀特山脉的部分原因，是因为很多人都把它们看做是美国境内最美丽的山脉。有一小部分人甚至坚持认为，这些由火山堆积，又由冰川勒划成形的巨型锥形山峰，称得上是世界上最漂亮的山脉。1964年，美国国会将这片山区和另外几个地区拨为永久性荒地，甚至不能开辟为国家公园。除了在极端紧急的情况下，任何类别的机械不得入内。永远不得开发，不得改变用途，不得采伐。然而，在这个叫做《荒原法案》的规定之内，有一个被称为“采矿例外”的条款，即所有已获准的开采项目将得以继续开发挖掘，荒原地区的新的开采申请在1984前仍有可能获得批准。在冰川峰脚下，就在这片荒原的中心，是一个宽度为八百米的铜矿脉。肯尼科特铜业公司对这部分矿藏握有开采权，可以在任何时间开挖。我们想趁该地区仍然在原始状态时，到这里来看看。其他人都让我代他们在小木屋的登记簿里注上他们的名字：查尔斯·帕克，地质学家，矿业工程师，他认为如果在白宫下面发现铜矿，那么白宫就该移走；戴维·布劳尔(David Brower)，被美国国务活动家、联邦议员斯图尔特·尤德尊为“本国环境保护前沿阵地作用最大的个人”，也是环保组织地球之友的领导人；拉里·斯诺和兰斯·布里格姆是华盛顿大学医学院的学生，他们协助安排行程，必要时或许还得实施急救。

一只老鼠从木屋地底下蹿了出来，在背包间急速钻动，然后又蹿回到木屋下。我们拾了些干柴，还打来了水。木屋旁有一挂小瀑布，水流湍急，一泻而下。我们都换上了暖和的衣服和轻便的鞋子。一直穿着斜纹布短裤T恤和灰色意大利皮靴走路的布劳尔，换上了长袖的格子衬衫、布裤和一双篮球鞋。虽然体型有些走形，布劳尔仍是一个颇有魅力的人。他身材高大。他有着粗壮的骨骼，结实的手腕，健壮的脚踝。他脸色红润细致，俊朗英气，五官精致，比例匀称，只是都小了点，相对他的体格而言可说太过精巧，或许这正表明他内心情感的细腻。他的声音平静深沉，极具说服力。牙齿洁白，微笑令人愉快。他当时快六十了，一头白发凌乱无序。十九岁那年，布劳尔从大学退学，然后一头扎进内华达山区。他一生都在捍卫这些山脉以及他所体会的它们所象征的意义。一个极具讽刺意味的事实是，正是他对山脉的挚爱，把他早早地从它们身边远远拖开，拖进了被称为摩天大楼的办公楼中，拖进了国会的走廊上，拖进了临时办公的酒店房内，拖进了一场又一场的战斗，直至形神俱疲（在环境保护的术语中，“战斗”是环保主义者最重要工作，而环保读物则是“战斗阵地”）。由于常年攀登，布劳尔的皮肤带着山地红，每当他脱下湿透的衬衫时，就能看到他腹部的肌肉格纹。又有一只老鼠从地底下爬出，环顾四周，鼻尖颤动，然后跑掉了。

布里格姆：“再把你的鼠头伸出来一次，就是你的死期。”

布劳尔轻声回应：“我们，才是入侵者。”

帕克脱掉他的靴子——加拿大制造的重磅皮靴——并换上了一双凉鞋。他高深莫测地咧了咧嘴。他已经六十多了，也是满头银发。大学时代，他曾经是一位运动员，时至今日，他依然结实精干，根本看不出有任何时候会气喘吁吁。从青年时代到现在，他生命的大部分岁月都花在了户外，其中，花在荒原地区的比例最高。那天下午沿着小路上山时，他用手中的地质锤，不停地在一块块山岩表面上敲敲打打，还时不时地毫无目的地用地质锤的一端在沿途的树桩上狠狠来那么一下。这些树桩都是当初开路时所留下的。

“这是我很久以前养成的习惯——敲石头，敲树桩，”他说。

“为什么?”

“科迪亚克熊。我不想惊着它们。在非洲那边，则是非洲豹和大猩猩。换句话说，不要惊着动物。”

帕克慢吞吞地说着。这并不是因为他有所犹豫，而是他那种与地质纪年相适宜的性格。他的下颌消瘦，灰色的眼睛充满警觉，笑容有些飘忽不定，并且总是集中在一个嘴角。他比布劳尔长得还要高，从头到脚都穿着卡其布的服装，头上戴着一顶有着长长帽舌的纱卡帽。

从山脉东端往里走不久就到了奇兰湖。我们在那儿见到一个政府所立的形状怪异的地标。这是一个标示牌，上面写着：“你现在进入冰川峰荒原地区。”换句话说，“根据法令，再往前一步，你将进入一个保存完好的独立世界，你将从文明进入荒原”。来到了这里，所谓荒原是这样实实在在、触手可及，就像进入另一个房间那样。

帕克问道：“他们会让我把地质锤带进去吗？”

“1984 年以前都可以，”布劳尔应声回答。

我们抬脚跨过了地界线。我说：“如果有一把地质锤，即便迷了路，我们也许还能找到一个新的铜矿。”

布劳尔回应：“如果你真的找到新的矿脉，我就在这里守着不让你离开。”

我们进入了荒原。小道上满是尘土。覆盖在土路上的浅棕色的粉末是那么细，甚至不能被称为砂子。帕克说这就是所谓的冰川粉，含在冰层中的研磨得极细的岩粉。是冰，远古的冰和现代的冰。在我们的上方，在远处，是层层叠叠的冰川遗迹——李曼冰川，蝶鞍冰川，玛丽绿冰川。或许我们还应该期待，有一天会在一个叫什么利润峰的地方找到一个公司冰川。蔚蓝的天空万里无云，这是喀斯喀特山脉中难忘的一天。布劳尔对没有下雨有点失望。他解释说，他不喜欢这种干燥无味的感觉，更欣赏雨后森林中那种水汽蒸腾，叶尖反射着阳光的美景和湿润的感觉。他说他希望我们能在旅行结束前有幸遇上一场好雨。他步履缓慢地沿着土路上行，尽量保存体力，沿途还不时吃些随手采来的糙莓和越橘。

“在喀斯喀特山脉没有什么真正算得上年代久远的岩石，”帕克一边说着，一边随手在岩石上划着。他从地上捡起一片淡色的黄绿相间的帘石，放在手中仔细翻看。沿着土路又往上走了二百米后，他用地质锤重重地敲了一块突出的岩石说："这是火山岩。"没过几分钟，他又弄得碎石飞溅："这是接触岩。"某种程度上，布劳尔给逗乐了。他大笑起来，摇了摇头。我记得有一次我和帕克一起驾车穿越黑丘岭，他会不时停下车来，坐在地上默默地审视着岩石。作为出生在特拉华州的男孩，他总是在收集不同种类的岩石，同时畅想着大西部的风貌。还在威尔明顿高中上学时，帕克就已收藏有五十多块矿石。他有赤铁石，孔雀石，方铅石，铬铁石。"我想学习采矿，也不一定就要学开采地质学，"他说道，"我想深入到山岩内部，了解它们的构造。采矿一直深深地吸引着我。因为都是在一些偏僻的地方。"

土路对面几里外的地方有一条锯齿状的山脊，在傍晚的余晖中泛着淡淡的红色。"看见那里的红色吗？那是黄铁矿，"帕克一边指一边说道，"经常会有铜矿伴生。如果我要在这里寻找铜矿，就到那边去找。"不过，这里离我们想去看的铜矿地带仍有十几公里路要走，因此，我们没离开原路。

我们在路旁看到了一棵巨大的花旗杉，它的直径起码有一米半，看起来才倒地不久。布劳尔说，看见这棵树倒卧在这里，就可以判定木材公司还没有机会看到它。这样，我们才有机会观察到树木自然周期中的腐殖阶段——森林在用这种方式要回属于它的那份。这样的感觉真不错。如果死去的树木不能在当地自然腐烂，那么，荒原的生态链就会被打断。帕克没说话，他把自己的想法藏在了心里。他的眼光在一棵杉树树桩的方孔处搜索。他用地质锤往树桩的方向指了指，“那是红冠啄木鸟。”我们继续赶路。

来来回回走了一长段之字形的山路后，我们已经在不到四百米的距离中往上攀爬了两百多米。我们在一条溪流边停下休息，溪流时不时地漫过堤岸，腾空溅落，直下山腰。放眼四望，喀斯喀特山脉的每一处山坡，都有山泉盘流其间。水流从岩石的裂缝中喷涌而出，越过崖壁边缘，一泻而去。水沫四溅，雾气升腾，飞流直下，纯净，阴寒。在这个地区，有足够的融雪和降雨灌溉着利伯亚县全境。当天上不降水时，太阳将高山之上的积雪融化，溪流沿着暗绿色的山坡顺势而下。在山坡的林线之上，在裸岩的衬托下，水流闪闪发光。每一个山地中的凹陷就形成一个小湖。而我们现在，正是在悬崖边上，回望先前曾经走过的一个特别漂亮的湖泊。它就是哈特湖。涓涓溪流注水入湖，另一边，湖水翻崖而过，变身为落差极大震耳欲聋的大瀑布。溪流被一系列池塘湖泊所割断。所有这些形态各异的池塘边长着桤树、白杨、英格曼云杉等等；而在周围的群山上，就在它们的峰线以下，是一片冰川和雪原的世界。布劳尔，就其内心而言可说是一个美学家，并常常乐意讨论那些漂亮的景色。而在此刻，他缄口不言。帕克也没说话。我想起了一位在国家公园服务署工作的朋友的话。他曾经说过：“冰川峰荒原可能就是全国所有国家公园中最美丽的地方了。铜矿开采就像用煤铲去打一个漂亮女孩粉嫩的脸，或者就像在伊甸园里露天采矿。”

帕克用帽子擦了擦额头。我把杯子浸入水中，请他喝。他犹豫了一下。“嘿，为什么不呢，”他最后这样说。他拿起杯子，喝了点水，把杯子放下后他微笑了一下，擦了擦嘴，说：“这可是好东西。”

“这是融冰，是吗？”

帕克点了点头，又喝了一小口。

布劳尔也在喝着水。他喝水的杯子和我用的那个一模一样——都是不锈钢制，扁扁的，直径很大，平底，他用一根绳子穿着当拎手——要说有什么不同，那就是布劳尔用的水杯底上，有一行突出的字“塞拉俱乐部”（Sierra Club）。十七年了，布劳尔一直是塞拉俱乐部的执行董事——是它的领导者，主要策划人，卓越的斗士。到了山中，塞拉俱乐部的登山客们无论吃喝什么东西，都会用塞拉俱乐部的杯子来盛。多年以来，我与布劳尔一起在各地荒原时，也确实从未见过他用其他器皿吃喝任何东西。以往，在上塞拉山区，他偶尔也会用一些薄荷叶片在他杯底的浮凸字母上擦一擦，再添些雪和威士忌，当作一种在高海拔地区的冰镇薄荷酒来喝。不过在山里，他其实很少喝酒，而这次旅行也没有准备威士忌。当天晚上，在避雪的小屋中，我们吃了些杯面、牛肉以及巧克力布丁，我们把背囊挂在高处的木椽上后，九点前就早早入睡了。我们睡在木架床上，真不知他们用了什么魔法能在这么狭小的屋子里架起那么多床来。第二天凌晨两点，我们都醒了，一片漆黑中，有多个亮点在不同高度来回闪烁。

“他妈的是怎么回事?”

“这是什么东西?”

“那里是什么?”

“没事,四个小可爱。四只非常美丽的棕白相间的草甸鼠,”布劳尔说道。

“噢,我的天哪,”帕克说着,转身又睡了。

帕克,在他的职业生涯中,对露营从来就没什么热情。当我们找到这个小屋和里面的床铺时,他就特别满意,虽然这些所谓的床铺不过就是在一个木框上绷上金属编织网而已。在他的探矿生涯中,只要在八公里内能找到一个铺位,那么他一定要睡在床上。他把这一条视为一个原则。于是,他把一生中必须睡地上的次数成功地限制在了一千九百次以内。迈开双腿,孤身一人,在菲律宾、古巴、墨西哥、亚利桑那州、田纳西州,他寻找铜矿。在内华达州和希腊,他寻找银矿,在阿拉斯加找金矿,在南达科他州找金矿,他还从美国地质调查局那里得到了一份奇特的工作,要他在亚拉巴马州、佐治亚州、南卡罗来纳州、北卡罗来纳州、弗吉尼亚州以及哥伦比亚特区寻找金矿。他还真找到了要找的东西:第二次世界大战期间,在华盛顿特区的岩溪公园内,就有一座运营的金矿。帕克对哪儿会有矿脉似乎有着某种直觉。而他的朋友也都认为他有着某种超自然的力量。十五年来,他就是这样以地质调查的名义,充分利用着自己的这种技能。其后,在1940年代后期,他开始在斯坦福大学教授地质学和采矿工程,最终成为该大学的地球科学院院长。从一个到另一个基地——无论是在华盛顿或是在帕罗奥托市——他从未停止过搜寻金属，只不过有些时候是作为多家公司的顾问在工作而已。为了寻找铁矿和锰矿，他几乎到过所有地方。他曾经在玻利维亚的安第斯山脉海拔四千五百米处建立了一个工作点，并以那里为基地，在五千一百米的高地，找到了铁矿。1956 年，在加蓬，他曾借由一条独木舟沿伊温多河溯水而上去到一个地点，再从该地出发，仅仅靠着罗盘的方位读数，他在丛林中足足走了两星期。在纬度相对高的地域，象群踏出的路径既宽且硬，简直和小马路有得一比。但在沼泽地中情况就不同了，大象的足迹就像一个个柱洞。树冠层很厚，以至遮天蔽日。一段时间以来，帕克有着严重的腰背问题，有一天，他倒在地上，甚至都起不了身。他在那里足足躺了两个多小时，直到积蓄了足够的力气，才慢慢起身，继续赶路。他当时是在找铁矿。他发现了现在被称为贝林加矿体的一部分。即使在美国境内，他也通常孤身一人待在外面，有时会一连两周。他体重变轻。他直接用平底锅吃饭，用小锡壶喝水。一把地质锤，他用了整整二十年。他曾经谈起勘探地质学家飘泊不定的生活，他说，很多人会感到气馁。“你整天跑来跑去。没人顾你。”虽然他年复一年在自家花园中播撒种子，但却从未能见到他的植物开花结果。不过，从地底下，他挖出了汞、铅、锌、铀、萤石、磷、镍、钼、锰、铁、锡、铜、银、锂和黄金。

隔天早晨，我们再次上路后不久，就开始绕着一个湖泊的北缘上行。湖泊水面至少有五百多亩，看上去，似乎有那在四百多米之上冰川面积那么大，正是这些冰川，融水入湖。冰粉将平静如镜的湖水染成绿色。随着我们登上更高的山坡，回望身后，我们看到其实还有另外三个绿湖，更靠近冰川。水面上，小冰山静静地漂移。在我们前方，在山脉的更高处，是一条南北向的山脊，中间缺了一块，形成了一个浅切口。这就是我们的第一个目的地，云雾豁口。因为在通常情况下，一个人在这里最远只能看到自己摸索的双手。但在今天，却晴空万里，没有一丝云彩。通向豁口的这段路程十分陡峭，我们一字长蛇，逶迤前行。领头的布劳尔再次表示，他希望下雨。

我问他，以他个人的眼光判断，我们目前身处其中的地貌是否算得上荒原。“是的，算得上是荒原，”他说，“塞拉山是我的最爱，但这里也许是我们所能拥有的最美丽的山脉。”然后他加快脚步，很快就遥遥领先了。他心情很好，似乎找到了山脉的节奏。

一只蚊子叮上了帕克的手腕，他抬手一下子拍死了它。“它们跟着雪走，”他说，“我们爬得越高，蚊子就越多。”

我们默默地攀登了一段山路，然后他问起为什么布劳尔已经走那么远了。

“看起来，他似乎想独处，”我说。

“他当然是啦，怎么说呢，有些拘谨吧，”帕克说道，“我不知道用什么办法才能打破这种沉闷。昨天当他说应该让大树留在森林中腐烂时，我真想和他辩上几句。其实远在倒地之前，它们早就由内而外一步步地死去。像这么大的一棵树不加以利用，我们都应该感到羞愧。”他用手中的地质锤砸了一下路旁的一棵云杉。“我不是塞拉俱乐部的会员，”他继续说，“我不同意他们的做法。对我来说，他们只是环境保存人士，而不是环境保护人士。你无法避免变化，但你可以引导它。你不可能避免它。不过，塞拉俱乐部的书我还是蛮喜欢的。”

1960年代，在约塞米蒂国家公园，布劳尔帮忙组织了一次自然风景照片的展览，照片都附有散文体的说明。随后，他又出主意用书本的形式来展览。其结果就是塞拉俱乐部的大型展览系列画册的出版。画册重两公斤，印刷细润精美，作为客厅的重头摆设十分合适。该系列就画面而言，捕捉自然世界极美瞬间让人屏气凝神；就题赋而论，一时再现梭罗和缪尔等散文大师的神韵。就这样，极大地宣扬了环保的观点。布劳尔当时既是编辑又是出版人。他选定照片，撰写序言。用这种方式——以及其他方式——他让“塞拉俱乐部”成为全国性话题，成为民众在参与讨论时的参考标杆。他出版了更多的大型展览系列画册，主题包罗万象，从缅因州的岛屿（《佩诺布斯科特夏日岛》）到有名的大峡谷（《逝者如斯》）、他个人的少年嬉游之地（《荒原柔情——内华达塞拉山脉》）和我们现在正在翻越的山脉（《喀斯喀特荒漠》）。九年间，公众花了一千万美元来购买大型展览画册系列。布劳尔说他自己都为人们肯为美景掏出那么多钱来感到吃惊。布劳尔自己当然更是毫不吝啬，愿意在这上面花大把银子。有一次，一组照片的定版稿以他的眼光看来还不够完美，他把已经花了一万美元的照相制版通通报废。1964 年，联邦议员尤德把《逝者如斯》作为圣诞礼物送给了约翰逊总统和夫人。二十五美元一本的画册在某种意义上可说是一种投资。富足的环境保护人士成套成套的购买。而囊中羞涩的环保分子也会买三点九五美元的平装本来看。

在布劳尔当执行董事期间，塞拉俱乐部从一个仅有七千会员的组织成长为一个具有七万七千个会员的组织。会员人数说多不多，说少也不少。锡达拉皮兹俱乐部的人比塞拉的更多。然而，在布劳尔领导下，俱乐部成为一支众人瞩目的强有力的力量，影响着有关土地、海洋和大气层利用方面的立法。布劳尔并不是每一场战斗的领导者。他集中对付几个特定的对象，其中就有内政部的许多人。对垦务局而言，他简直就是一个恶鬼魔头。他们说，布劳尔以一己之力，将大峡谷中两大水坝的建设项目至少推迟了两代人的时间，有可能永远都造不起来了。在犹他州的绿河，布劳尔叫停了一项会淹及国家恐龙公园部分设施的水坝工程。为了山脉的健康生态，他和他在华盛顿的战士们与伐木公司斗，与矿产公司斗，与狩猎集团斗，成功取胜并建立了北喀斯喀特国家公园。二十年来，布劳尔在全美一市一县，走街过镇，向各式各样的民众反复宣讲环境保护的意义。联邦政府的户外游憩资源调查就是出自他的主意。他也是《荒原法案》得以立案成法的主要推手。长久以来，其他环境保护组织的同行公推他为“荒原保护的代言人”。有一次，为了要去参加波基普西市的演讲，布劳尔在漫大大雨和浓雾中驱车足足走了三个小时。我问他是否能谈一谈是什么原因使得他这样做。他说："我也不知道。我只是听从内心的召唤。我想留下一些森林，一些荒原。人和自然界得重新回到平衡。我会尽我所能。现在失衡了。环境不能持续，我们也不能。"

当我们穿过密林来到一片开阔地时，帕克停下脚步，转身回望已经走过的森林、绿色的湖泊、冰川雪原，以及在远处的银白色山峰。我问他，以他个人的眼光判断，目前地貌是否算得上是荒原。"不，"他说，"有这条土路在就算不上。"他承认我们现在所面对的景色几乎是无与伦比。他说，布劳尔所能见过的景色，他都见过。布劳尔见过的景色不可能比他更多。"这是一处上佳的景色，"他继续说，"这些山脉也确实宏伟。它们使我想起了智利境内的安第斯山脉。但是，让一家矿产公司在山脊的另一面经营一个矿井又能怎么样呢？怎么就会伤害这一切呢？我看不出来。我对环保的理解就是最大限度的利用。我认为将荒原一直保留着是一个可怕的错误。这个地区是国内不多的具有商业开发储量的铜矿蕴藏带之一，我们离不开铜。以目前的社会运行方式，没铜我们就是不行。把这块地方锁定为荒原很可能要危及整个公园系统，因为在十年左右，当铜真变得很短缺时，人们会开始大叫大嚷，那就一定会有改变。任何国会法案都可能被废除。"帕克缓慢地谈论着，我们也顺着开阔的地面逐渐往上。坡地草甸上遍布溪流，石南花、羽豆花、薄荷、野菊、野生甘草点缀其间。"我赞成土地的全方位利用，"他继续说道，

“你有到过哈茨山脉吗？其实，只要有适当监管，你就可以让矿井、锯木厂和原始荒地在一个地区同时存在。当克麦吉公司刚想要在佐治亚州的海岸边开采磷酸盐时，自然资源保护组织吵翻了天。还举行了一场听证会。当时有二十六人与会，他们中的大多数人都代表着某个组织，都异口同声地指摘克麦吉公司。没有一个人，竟没有一人为克麦吉说话。这让我很震惊。就像大家站在一旁看着一个人被狂殴。当得克萨斯海湾硫磺公司在安大略钻了三个孔并发现了矿体时，大家又指责他们隐瞒了有关信息。我就代表他们在证券交易委员会作证。今天的铜矿企业形象不佳，都是这帮狗屎环保分子搞出来的。看！有一只北美星鸦！”天上三十多米处，确实有一只星鸦横掠而过。

我们现在马上就要攀完云雾豁口的最后一段陡坡了，布劳尔在前面等着。我们再次回过身去，观看东面的湖泊，山峰，一汪汪的水潭，瀑布，雪原冰川，那些恰如银色绸练的溪流，墨绿毡毯的密林。帕克再次说道：“我实在看不出。看不出在山的另一面开个矿会对这边有什么影响。”帕克生活在帕罗奥托市一条静街的一幢单层屋子里，房屋结实紧凑，装饰得宜，前门外，是一堆绿色岩石——铜矿石，上面还插着一把木柄断了的地质锤。帕克拿着他的地质锤向前赶路，随着手起锤落，用力砸向一块突起的山岩，极不寻常，他似乎在找什么东西。

“你在找什么呢？”我问道。

讪笑又回到了他的嘴角。“没什么，”他说，“只是好长时间没能这样砸岩石了。”

豁口还被厚厚的雪覆盖着，只有几小块裸露的地表。这些裸露土地上长满了野花，蓝、绿、红、黄、白色的野花。空气闻起来的味道和气流在皮肤上的感觉，恰如佛蒙特州一年中积雪将融、气候渐暖的那几天初春时光。是的，不管日历上现在是几月，这就是高海拔地区的春天，北喀斯喀特地区的春天。紧接着，在随后的几周中，夏季和秋季会匆匆一过，到了9月，今年的第一场大雪，又将如期而至。布劳尔放下了背包，坐在前面花丛间的一个小土墩上。帕克、我、布里格姆和斯诺也把各自的行囊放在地上。满是汗水的背部刚才还被压着，突然接触到空气，有些飕飕凉意。长时间攀登后重负一下卸掉，让人有些酒醉的昏眩。布劳尔坐的地方比我们站的地面大约还要高上三到五米，随着我们渐渐走近他的身旁，我们的视线终于越过了山脊线。第一次，这是我们的目光第一次落到那原先被山脊挡住的一切。眼前的景色，让我们全都停下脚步。

一个学生轻声喊道：“哇!”

轻轻地，我不由自主地脱口而出：“上帝，看看这里。”

山谷中空气厚重凝静。比我们站的地面高出一公里半，直线距离十七公里开外，山谷的对面，冰川峰，就在眼前——近在咫尺，气势逼人。在我们目光的正前方，是一片大约有三百多平方公里的高原，巨大的山峰俯视着这片地域。这是它的领地，恰如瑞典伯尔尼的少女峰俯视着她的阿尔卑斯山脉。冰川峰原先是一对巨大的对称锥体，这依然是它的基本形态，不过无论在内还是在外，已经有了明显的缺陷。它曾经有过一次爆炸，一部分落在了现在的爱达荷州，其他碎片落在了俄勒冈。沉重的冰盖压垮了它。自身的冰川融流又把它的体表切割得沟壑纵横。但，它依然是它，剪影中，仍然是一座经典山峰。它那稍低一边的山肩称为失望峰，逶迤向上，与主峰在最高处合为一体。整个大山靠上面的三分之一是一片冰莹。冰雪世界的下面，墨绿的原始森林绵延而下，直抵苏雅特河缠绕曲折的河谷。由峰而下，直落两千四百米。在主峰四周，就像花瓣拱卫花蕊，令人不可思议的有着九个巨大的冰川层层围绕——清凉川、弯刀川、扬尘川、巧克力川——每一个冰川，都有各自的融冰溪流，远看宛如一丝丝银线穿过密密的深林，最后汇入苏雅特河。在我们右边，山谷的近侧，是另一座山，普拉默山——只及主峰的胸高，在它的林线以上，裸露着无雪的岩壁，在阳光的反射下，一片锈红。冰川峰外，无尽山脉，奔涌前来，其间峰峦突兀，渐行渐远，直至融入极远处略显起伏的地平线。我们的眼光又被带回到冰川峰上。

布劳尔以一种平淡的声调说："这在我们这一行被称为绝景。"

靠近普拉默山的南部山脚，在那深邃的河谷中，在普拉默山和冰川峰之间的汇合处——也就是我们站在云雾豁口向下俯视的中心位置——就是那青铜矿，肯尼科特公司行将开采的青铜矿藏。为了采矿，公司将开挖一个直径至少七百二十米的露天矿场。

帕克说道："在地上挖个洞不会伤害这里的风景。"

布劳尔挺身而起。"景胜资源专家不会同意你的意见，"他说道，"这里是纬度48度线下仅存的几处荒原之一。与它相比，铜不铜的，没什么了不起。"

"没有铜，我们目前的处境就会十分糟糕。"

"如果矿脉不存在，我们照样活下去。"

"我也希望这座山一直如此，但铜就在这里。"

"如果我们已经到了要从这样壮丽的地方搞铜的话，我们真的走得太远了。"

"矿物就在地底，你得去找到它们。它们数量有限。当人们的生活水准取决于矿物的时候，你废弃它就是犯罪。矿藏不能移动。自然把它钉在了这里。所以，相对于任何其他用途，它必须受到优先考虑。如果黄石公园地下有铜矿矿脉，我也会推荐开采。正确利用矿藏是必不可少的。你必须去找到它们。我们的生活水平靠着它们。"

"对五十年的生命周期来说，的确是这样。但从长远来看，我们必须降低我们的生活水准，让千年之后的人至少也能有那么一点生活的水准。"

从近处雪原吹来的微风十分惬意，在阳光中凉爽而不寒冷，吹乱了两个男人的满头白发。

"我不赞成为了后人着想而委屈今天这一代人，"帕克说道。

“很抱歉，我赞成，”布劳尔说道，“这就是我们不同的地方。”

“是的，这正是我们不同的地方。1910年，巴西政府说他们将保留米纳斯吉拉斯州的铁矿，因为地球在今后会用完这类矿藏。成千上万的人——在米纳斯吉拉斯州——实际上是在忍饥挨饿，而他们家园的底下，是世界上最富有的矿床之一，有一点五兆吨的储量。他们现在挖掘了，人们富足起来。但是在当时，对那些正在挨饿人说将来会更美好，无异于画饼充饥。当你拥有这些东西的时候就必须利用它们。你必须知道它们在哪里，并利用它们。而未来的人，也定将在这里采铜。”

“这是我们的后代要在他们的国会中作出的决定。而如果他们确实要作出决定的话，我不认为他们会来这里采铜，”布劳尔说道。

“他们当然会。如果他们要想有电话、电灯、电视、收音机、飞机、中央供暖、空调、汽车等等，他们会来的。你知道大家想要这些东西。这不是我发明的。我只知道铜。”

布劳尔把背包收拾到他的背上。“假设地下的铜矿不存在，”他说，“你怎么办？没了，你打算做什么？”

“你想让一切都变成荒原，”帕克说。

“不，我不是。我只想保持至少百分之二的地区为荒原。”

“百分之二可不少。”

“百分之二就算是建造房屋时留的人行道。”

“我们的基本分歧点在于，我觉得我们无法阻止这一切——我们只能引导。你觉得我们必须阻止它。”

“我觉得我们应该回到根本。要回收利用。现在的要推翻重来，即使成本高一点也要做得更好。我们到处挖矿，又不再次使用它们。地球表面布满了我们的啤酒罐和化学品，沥青和老旧电视机。”

“我们已经在回收铜料，只是做得不够。”

“当我们推倒每一处建筑物，我们又不把铜理出来。每栋楼的废墟下可能就是一个铜矿。但我们不把铜清理出来。我们去找新的金属。我们会毁了这座山。”

“怎么可能毁掉像冰川峰这样的山呢?”帕克抬起他的地质锤向山上指了指。“你不可能破坏它，”他一边挥动着锤子一边继续说道，“看看瑞士的山脉。谁能毁了它们?铜矿伤不了这片土地——有适当的管理就伤不了。”

布劳尔开始沿着小路往山下走去。我们也重新背起背包，往前赶去。大约一百五十米下面，我们前方一点五公里处，是另外一个山口——苏雅特山口——要到达那里，我们还得先往下进入一个大深谷，再从另一面上来。有一段长时间的沉默，只有靴子踏在土路上发出的声音。不时，响起一声锤子击打岩石的响声。

布劳尔说：“为了留下一些未加破坏的优质荒原，难道美国就必须得节俭度日了吗?”

我们转过几个急弯并接近了深谷的底部。那时帕克才说：“去找那些更容易开采，蕴量丰富，已经或正在开采的矿床。”

在山的东麓，奇兰湖附近，我们曾经见过这样一个铜矿。1938年，霍尔桑德矿业公司在当地建设了一个地下铜矿场，因此还造起了一片村庄，并起名为霍顿。1957年，霍顿矿被废弃。在来荒原区的路上，我们曾徒步去那边逛了一圈。在雪山峰峦的衬托下，两座顶上平坦的砾土山，在当地景色中十分不协调。其中一座堆放的是工人们在掘进到矿体之前所必须要清除出来的岩体。另外一座是经过霍顿轧碎机提取铜金属成分之后的矿石尾渣。轧机本身剩下的，只是一大堆扭曲锈蚀的钢梁。它的残骸令人毛骨悚然。木结构的建筑和工棚更是逐渐崩塌，日渐腐烂。整个地区，到处都是废弃的大块大块的波纹铁皮碎片，锈蚀的铁轨，烂了的矿石车和破铁桶。要进霍顿，除了经由奇兰湖上的驳船并沿一条土路进入村庄外，没有汽车直达的道路。即便如此，我们还是在那里看到一堆码得很高的汽车外壳的残骸，内部的机械仪表被拆剥一尽，全部锈烂不堪。说起它们的出身，这些车壳最初也不过是地底下的矿石，如今，在霍顿，它们慢慢锈蚀解体，回归入土。

帕克又用锤子敲了一下旁边的岩石。我们已经到了谷底的另一侧，正在往上攀行。上坡十分陡峭，大家的脚步越来越慢。布劳尔开口说道：“霍顿那边，大家可都看到了。”

我数着布劳尔的脚步，二十二步。他穿着一双缀红边的灰色袜子。我细看他袜子上腿的背面。他走得很慢，比我还慢。我紧紧地跟在他的身后。他的双腿，青筋暴露，比昨天看起来更苍白了。它们看来十分健壮，但远不是运动员般的匀称。以往，布劳尔会把食品罐放在上塞拉山区的不同地点，他就这样从一地到另一地地跑，有时一连几周。他目前体重是一百公斤，他一定希望自己是一米八的个吧。

帕克应道："霍顿这类地方确实给采矿带来了坏名声。但它不必这样的。无论怎么说，不善理家就是不善理家。我可不管是矿井还是厨房。长久以来，矿业公司在一个地方干完了就抬脚走人。但，有责任心的队伍就不会这样。他们不会留下垃圾。他们不会破坏环境。想一想那堆垃圾！我要是有钱，我就过来把它弄干净。"

我记起来帕克的家是多么干净，那草坪，那花园，还有那些玫瑰，他的那棵柠檬树，他的那两百多种仙人掌。他住的那条街的街名叫乡村地。帕克还是全美仙人掌及多肉植物协会的会员。他用锤子的木柄敲了一下一棵倒伏的树。

"那可是老大一堆破烂，"布劳尔说道。

"老厂可以清理干净，"帕克接口道，"那土堆和尾渣上可以种草。"

苏雅特山口离我们只有不到半公里了。我想起了布劳尔曾谈到他第一次来到内华达州塞拉山脉的情景。他说当时他还是一个孩子。他的爸爸用那辆 1916 年的马克斯维尔牌的轿车带着他从伯克利一路开来。在山的西坡，他们亲眼看到了采矿的后果和水力开采黄金的实际操作。工人们用二十厘米直径的水管对着坡地猛冲，水流是那么有力，大块大块的山体脱落，化为泥浆流走。

“霍顿在 1957 年就废弃了，到现在，砾土山和尾渣山上一根草都没长，”布劳尔说道。

在其二十年的金属生产中，霍顿从地底下采掘出了千万吨的矿石——足以提炼出十万吨铜，可以供堪萨斯市的全部铜缆之需。

帕克说：“施点小肥，它就能长东西了。”

到达山口后，我们站了一会儿，想再看一眼冰川峰。逶迤曲折的苏雅特河，宛如一条白练，远在我们脚下。帕克说道：“如果想开矿，两件事是跑不了的：地面上的一个大洞和一个大废石场。这是你免不了的两件事。”

布劳尔接口说：“不要开就行了。”

布劳尔发现一只蝴蝶正在一株瓶子花的花朵中吸食。他用手就这样快速而精确的一挥，把它夹在了手指中。这是黑脉金斑，他说，它的活动半径是三千两百公里。“黑脉金斑似乎有点幽默感，”他继续说，“它们在风中玩得转。”他放开蝴蝶，看着它升入风中，一会儿绕着圈子，一会儿上下翻飞，在远方大山的衬托下，它毫不费力地往斜里一跃，翩翩而去，似乎并无一点点空气的阻隔。观察它们的花纹、飞行习惯和翅膀扇动的频率，布劳尔在空中就可以看出那是什么蝴蝶。当他沿着小路前行时，百把米外翅膀抖动的那么点动静，都能引起他的注意，比如，他会说，“高山蝶。”我前一次和他一起在塞拉山脉的皮尤特山口附近时，他看见了一只高山蝶舞动着双翅一路向西，他说当地已有三千六百米的海拔高度，能在这里见到它实在令人佩服。就在那一天，他还看见了一只加利福尼亚蛱蝶——橙黄两色的翅膀上点缀着黑斑的蝴蝶——正停在一块岩石上。他把它捡了起来。它已经冻得不行了，一动也不能动。布劳尔把它焐暖，并用手托着它，看着它翻飞而去。

有一种名为“栎几缇布劳尔蝶”的蝴蝶，就是布劳尔在十五岁时发现的。他是个独来独往的孩子，但他收集蝴蝶标本。当他一眼望见它时就察觉到它的与众不同：它的主翅黑白相间，而副翅背面却是绿色的。他是在柏克利丘林区的格瑞兹利峰附近发现它的。当他还是一个小孩时，他常常在放学后独自一人在那里走上半天，有时还会牵着妈妈的手。她是个盲人，他会一边走一边向她描绘周围的景致，以及他所看到的花草和动物。他的母亲是个高挑、漂亮的女人。她有文学高等学位。在布劳尔八岁时，一个没法动手术的肿瘤夺去了她的视力。

布劳尔是1912年在伯克利出生的。当他一岁时，有一天他的母亲去红门铺买东西，让他坐在婴儿车里，并把他留在门外的人行道上。就在这几分钟里，小布劳尔翻来滚去，翻到了婴儿车外的人行道上。几颗门牙摔了，牙龈骨也碎了。他的门齿的恒牙一直要到十二岁才长出来，出来后也是前翘后咧的。他感到羞愧尴尬，没什么自信心，十分腼腆。他害怕微笑。在学校里，别人叫他没牙齿的笨蛋。他躲进了伯克利丘林区里——现在当然是盖满了房子，其中也有他自己的房子。但在当年，那是一片荒地。他还喜欢去伯克利以北大约八十公里的双岩谷，那个地方，有着伴随他妈妈长大的养鸡场。那里，让他们两人都流连忘返。布劳尔坚持说他听得出鸡在生长的声音，他还知道怎样和鸡说话。他认为说话的音调可以跨过物种隔阂。双岩谷有一匹母马没有人能够接近，但每当布劳尔走近它时，它就会轻轻嘶鸣，并随着布劳尔的口令行事。

布劳尔的父亲在加利福尼亚大学教机械制图。他是个身材矮小的人（一米六九），一脸刚毅，行事古板。他叫罗斯。他从不抽烟，也不喝酒，连咖啡也不碰。有一天，他带回家来一个不幸的消息：他的工作丢了。他们的家坐落在哈斯特大街 2232 号，两幢木屋，前后相连。这两幢屋子被隔成了十一间单元公寓。从那时起，布劳尔的父亲终其一生就在管理照看着这些公寓房。用布劳尔的话来说，当时情况真可算得上是“简陋”，他记得破旧的汗衫，露出脚趾的袜子，挨户发送报纸的路径。他父亲的妈妈也搬来单元公寓帮忙做事。她是个十分虔诚的浸礼教会的教友，她坚持她的孙子在做献身上帝的浸礼时一定要浸没全身。她也规定他每天都要做许多家务，要清洗衣物。不许玩牌。她只许他喝热的果酱汁。

内华达州的塞拉山可称得上是全家的世外桃源。罗斯做了一个他管它叫野营箱的木箱，正好能放在那辆马克斯维尔汽车的踏板上——再以后是那辆维利纳兹牌的车，里面装着食品和杂物。木箱的一侧用链子放下就成了一张饭桌。在柏克利的家中，野营箱是放在地下室的。小布劳尔一会儿就要跑去看看。那时，从家里到唐纳峰要开三整天（现在三小时就成）。他们第一天会在今天已是萨克拉门托市中心的一个宿营地过夜，第二晚住在科法克斯镇，就在美利坚河的岸边，当年的河水直接就可以饮用。往日的情景似乎仍在他的眼前晃动，布劳尔回忆起睡在地上，躺在用别针连在一起的几块毯子中间。母亲睡在一边，父亲睡在另一边，他和另外两个兄弟，还有一个妹妹，都睡在中间。大家静静地听着南太平洋线上的蒸汽火车沙哑的汽笛声呜呜地在远处回响。他本人对火车超乎异常的喜爱，即便到了今天，仍深埋在布劳尔的心中。这跟他目前所从事的活动，似乎有些格格不入。布劳尔就是这样一个人，对以往岁月的怀恋，有时会影响到他的正常思维。塞拉山里通火车，那很正常，因为它一直在那里。造州际公路？没门，那简直是对山脉的侮辱。

有一次布劳尔指给我看当年家里常开的那条路。那只是一条两米宽的土道，在高低不平的山地中，歪过来扭过去地穿行。几乎每一次，他们都要在太浩湖南端的一片野地上露营。那里有一片林子，满是参天的杨树和树叶都褪成灰白色的针松。站在湖边远眺，一片湛蓝。他会在微有凉意清澈见底的湖水里蹚来蹚去，去抓那些小鱼。前不久他又去了那边，要看一看今天的模样。沿着大道，墨西哥豆卷、老张地产、沙基必胜客、哈乐娱乐厅、标准石油的加油站、英格五金、斯多德珠宝（“婚戒”）、“博得”马丁律师行南岸分行、又一个地产代理。我们先经过哈乐娱乐的小额厅。布劳尔在幸运轮上花了一块零五分，又玩了几轮猜大小，然后来到了赌场的大厅。“这帮人应该去拉斯维加斯，去卡森，去勒诺，那儿赌场多了去了，”布劳尔环顾四周，慢慢说道，“为什么要到太浩湖来。”

我指出这些人看上去比拉斯维加斯那些穿着精鞣小羊皮外套的城里人要年轻，脸色也要健康得多。

布劳尔说：“这大概要归因于他们时不时地到这里的湖边来走上一趟吧。”

而布劳尔他们当初野营的地点，如今成了皇家威华汽车酒店、大来信用、全美银行、卡特布朗切门店、万事达、运通快递的天下，以及许多经营日光浴的楼厅，还有就是那二点五米高的钢链围栏，把不让进的人都拦在湖外。那些人斜躺在日光椅上，皮肤油光发亮。

“这些人原本是去可尼岛的，走错了高速出口才到了这里，”布劳尔说道，“这里是乔安西滩。我很喜欢乔安沙滩。太浩湖搞成这样，真让人心疼。”

布劳尔站在围栏外。围栏的顶端缠着带刺钢线。北风呜呜穿过。透过围栏可以看见湖面上白帆片片。看得出，湖水已经发绿。由于人体的各类排泄物日见增多，藻类聚积，这就是湖水的富氧化过程。由于这个原因，即便是出了名的蓝色湖泊，也会变成绿色。布劳尔解释道：“即便是伊利湖这样的大湖，也仅仅用了十二年就彻底死绝。我们这个湖比它要小得多。我想不出世界上还有哪一个绝景已经污染到这个程度，角角落落。哦！这是我心底之痛。”

我问他："如果要你对这些住在旅馆中的人谈上一谈，他们会怎么想？"

"他们一定会理解的。他们会同意我的看法，"他说道，"人们热爱土地。"

"你真这么想？"

"当然，"他指向一小丛枝叶。"看看那棵植物，"他说道，"至少有人在这里努力。"

"那是塑料的。"

"好好好，我收回，"布劳尔说着，"这里早就不是属于我的天地了。我的天地在那里。"他指了指远处。"看到了吗，那是金塔峰。在大荒原。"

"去过金塔峰？"

"七次。三次是在冬天，去滑雪。十二岁后，即便是那儿也太小了点。我就去更大的山，更原始的地方，更高的高原。"

还是个孩子时，他有时到这些地方去，内心还是很恐惧的。当年全家在太浩湖停顿一下之后，还会继续往南走，去到更高的山里，去到比落基山还要高的山里——上塞拉山，那是美国沿岸最高的山脉。对于低矮一点的山峰——歌乐峰、圣缇诺顶、傅诺峰，全家人都会争先恐后一拥而上，可小布劳尔却不敢去，他得留在车里，有时只有他一个人，吓得瑟瑟发抖。在开车可直达的冰川口——垂直一千米高的崖壁，俯望约塞米蒂谷地——全家人会专门走到岩壁的最边沿赞叹一番。小布劳尔总是躲在后面，一想到站在边上的念头就浑身发抖。可是没过几年，他就带上绳索和岩钉从谷底往上攀爬这座山峰了。攀爬到了离崖脚七百五十米的高度，就有游客们从上面抛下来的石块和啤酒罐等东西掉在他的四周。他怕得要死，用尽全力叫喊，可是游客们根本听不到。他说，在那种情况下，啤酒罐的声音最好听，有点像圣诞乐的嗡嗡声，而石头掠过时多普勒效应带来的声音最吓人，吁……的一下。纯粹是幸运，他才没被砸到。不过他真是吓着了，再也没攀爬过那座山峰。

罗斯福，当他还是美国总统时，有一天他在冰川口过夜，就盖了条被子。第二天早上醒来时，身上已经积了十厘米的雪。他在后来说起，这是他一生中最美好的一天。这个故事是布劳尔有一次我们两人站在冰川口上时告诉我的。在那儿有一块铜质的示意地图，标列着周围山峦的名称：斯达大帝山，格里茨峰，克拉克山，莱尔山，麦克里尔山，半峰山，博德里克山，自由峰。这些山，布劳尔都去过。冰川口可说是双倍绝景——一股股的气流沿崖而下直达一片葱绿的谷底，再到那一头，随着山坡升到约塞米蒂悬崖的顶端，然后才飘忽四散，入于渺然。和我们在一起的还有一队成年游客，他们都在折纸飞机向山谷下放飞。按纸飞机的标准来说，飞的时间真是够长的，十分钟，十五分钟，二十分钟都有。在十几分钟的时间里，这些游客，有些要驾车三小时才能到达这里，目不转睛地看着他们的纸飞机。一位国家公园的巡山员劝他们多看景色，同时也礼貌地提醒他们这样的做法已经触犯了法律。对布劳尔来说，这些都是见怪不怪了。

他介绍说，这真是小儿科。去冰川口的土路，晚上是由装在两旁大大小小岩缝里的电灯照明的。游客会把灯泡拧下来，向山谷里扔着玩。

布劳尔到了上中学的年龄时，原想学习当一名昆虫学家的。后来他放弃了这个想法。因为在柏克利高中，如果你提什么昆虫学那就是一个怪人。布劳尔不想一直被人这样说。牙齿不好，他还是不大肯笑。当时他是轻量级橄榄球队的队长，这是他社会生活的起点，他害怕失去。他考进加州大学时是十六岁。他岁数太小了，与大学生活格格不入。他又变得沉寂寡言神经过敏。他在哪里都“想被人认可”。他住在家里。又到了大学兄弟会招收会员的季节。一天，他从窗子里看到一大帮兄弟会的人沿着大街往这边走来。他们在门前停住了，他们看着房子，一脸藐视的神情——偏街上就那么窄的一块地，用这种蹩脚便宜的建材还想造成维多利亚式，长年缺乏维修，走近都难为情。兄弟会的学生离开了，甚至都没想走进来。二年级时，布劳尔退学了。“都是经济不景气造成的，”布劳尔说着，“大萧条——反正什么事都能怪它。”他一头扎进了山里。短短十年内，就有了这样一个说法，晚上无论把他带到内华达塞拉山脉的哪个角落，清晨天一亮他就能知道身处何地。

我们来到了苏雅特山口。布劳尔还在说他的蝴蝶。他提到曾经养过几次蝴蝶，也观察过它们是如何破茧化蝶的——刚开始只是一条小缝，然后是触须，再后来，大约要一个小时，蝴蝶才能成形。他想帮忙，帮它们加快这个难熬的过程：他也真的试过这么一回。蝴蝶拿出来的时候肚子拖得老长，两个翅膀卷成了小球，就像握着拳头的小手。根本没变化。蝴蝶就在那儿一动不动，死了。“这个情形一直在我脑子里，”他说道，“这种知识在乡村遍地都是。城里没有。”

我们离开了土路往南，朝着普拉默山的方向走去，希望能找到一条通往那个铜矿矿脉中心地带的路。如果可能，我们也想亲眼找找矿脉存在的证据。帕克走在前面。这片山地植被浓密，山石嶙峋，岩洞密布，崖壁处处。问题在于如何才能既顺着山势走，又能维持往西的大方向。不久就看得出布劳尔根本不相信帕克还能识别方向。帕克和我两人的双脚又酸又痛。年初，我的一个脚后跟长了骨刺，而帕克那双加拿大产的新皮靴不适合山路，太硬，一路走到现在，早就开始在磨他的脚踝骨和脚趾。往后这个事情就更明显。他当时却一声不吭。是走最短的路，还是平缓好走的路，要两相比较，这对我们所有人无疑都十分重要。虽然布劳尔看起来越走越精神，但也不是一点都不累。帕克没有任何商量就领头往前走——气冲冲的，可能是那双不合脚的皮靴闹的。大家都跟着，只是布劳尔不住地提起其他的可能性，其他的路径。已经那么近了，山地还是这么崎岖，这岩层真是猜不透。有两三回，布劳尔提出要走那边的一条山谷或这边的山脊，帕克听都不听。不管有人说什么，他只管往前走，也可能是他耳朵不好使。每个人心中都在暗暗担心的是，如果走到悬崖或什么崖壁前，那我们就得原路走回来，平添许多路程。不久，我们走上了一条看上去是死路的弯弯曲曲的下坡道——至少布劳尔和我都是这么看的。我们在想着如果走进去，最后会四面崖壁，还得从原路爬山回来。布劳尔说他要留在高地，要往上走，才能走出目前的困境。帕克不停地向前，越走越低，有点往东，在拐角的地方，还用锤子敲打着突出的岩石。因为没有什么标记可以保证我们走在同一个方向，我们只能跟着。绕过一个大弯，这条“死路”豁然开朗，地形一扩而成山坡草原，云杉点缀其中，以微微倾斜的坡度连上普拉默山平缓的山脚。

这里的地名叫高尔夫球场。很明显，这是肯尼科特铜业公司探矿队起的，在我们手中的这张制作简陋的资产地图上标着呢。“资产”就是指公司已经注册了的采矿权。稍加平整，说不定这里真会成为体育界的第七大奇迹，有普拉默山的红崖为屏，面对深谷的一面，苏雅特河在谷底静静流淌，无论站在球场的哪一个角度，长草，果岭，沙坑，冰川峰都一览无余。布劳尔对这个想法的反应是，除非他死了，才会让人在这儿建高尔夫球场。

帕克认为，这儿一定是铜矿的外沿了。他望了望普拉默山，暴露在外的嶙峋表面透着酱红色。他解释说，这就是含有黄铁石的风化岩。他认为，里面会有铜——这是含有金属铜的花岗岩风化后形成的斑岩。帕克说到，这里的冰川山脉的地貌特征使他回想起格陵兰那些由冰面崛起的峻峭的山峰。他似乎能看见当初的冰层。

布劳尔说他能想象地上挖的那个巨坑，一旦开挖，世世代代就在这里了。这将是一个人造的陨石坑，大到在月球上都能看得到。

“啊哦，布劳尔，可没那么悲观，”帕克说道。

布劳尔还是塞拉俱乐部执行经理的年代，该组织是出了名的会使用整版整版的广告来鼓动群众，用的全是那种独立战争年代革命家雷弗式的语言。有一份广告号召大众关注肯尼科特铜业在冰川峰荒原地区的企图，标题是这么写的“露天巨坑大无比，月上可见其踪影”。事实上看不见，这事无论是布劳尔还是塞拉俱乐部，都不在乎。对环保运动而言，夸大其词是在战斗中刻意使用的典型策略。大标题之下，是肯尼科特铜业公司在犹他州秉翰峡谷露天矿的一张航拍照片。这个露天矿根本就不用夸大，秉翰峡谷铜矿已经是全美最大的露天矿了。直径达三公里，一圈圈地往地下采掘，足足有五十道。在航拍照片中，看来就像一个巨型的摁在地上的手印——就比例判断，这得是一个身高一百五十千米的巨人的手印。国税局最终还是对塞拉俱乐部的广告采取了行动，宣告对塞拉俱乐部的捐款不再适用抵扣税。任何对企图影响立法结果的组织的捐款，都不得适用抵扣税。布劳尔根本不在乎，继续做广告。

“用了一张望远镜照的照片，”布劳尔解释说。

我们沿着平展的山坡朝普拉默山走去，沿途一片绿茵，金凤花豌豆花争相开放。帕克轻松愉快地宣告：“我可不会去反对在这儿开一个露天矿，人们可以借此提高生活水平。”

“短期，短期生活水平，”布劳尔接口道。

“数百年，”帕克说，“而其后五十年，又会被植物遮盖得完好如初。澳大利亚有一个海滩，底下有金红石、锆石和其他稀有矿石。全美铝业和几个澳洲公司得到了开采这个海滩的许可。那一阵闹的。他们还是开采了，现在的海滩比当时的更漂亮了。他们把它重新改造。水沟和蚊子没了，海鸟的栖息地根本没受到影响。澳大利亚政府打算在其他海滩也进行开采。”

海滩的事布劳尔没搭嘴。他有一回为一部有关北喀斯喀特的影片撰写了解说词，以《美丽的亚美利加》为背景音乐，他自己低缓柔和的声音慢慢流出，他谈到，这些山脉，是自然世界硕果仅存的缩影，在那里，我们还能“盘桓流连，去看，去听，去体认，去理解”。解说词继续说道：“没几处留下了。还在的，是我们的全部家当，是我们子孙的全部家当，是我们子孙的子孙的全部家当。我们给它们多少安全，它们就只有多少安全。”当时他的头脑中，大概就在想着这些吧。最后他开口了：“坑只是其中很小的一部分。”

“任何地方开矿都有人反对，”帕克说道，“我们到哪里去弄所需的铜呢？”

“去内华达，亚利桑那-秉翰大峡谷。”

“也有人反对。”

我们小心绕过了几堆新鲜的粪便。布劳尔说他认不出是什么粪便。帕克说：“这是熊的。”

一缕水柱，时续时绝，从普拉默山东麓飘然而下。由于没什么别的特别的参照物，我们就朝它走去。

“这个绝景是国际级的。”布劳尔说道。

“即便如此，但只要有铜在下面，开采的压力就会持续。”

“那好，到了我们必须要用铜来替代黄金时，我就放弃。其他的，让我们的子孙去决定吧。我想，他们的决定是不开采。”

“一开矿，矿区当然不可能再是荒原了——脑筋正常的人都会承认这一点，”帕克说，“会有许多人，许多机器设备。还要放炮炸山。当然会有垃圾，废土尾渣。可是你得到了铜，这会增加国民财富，我认为还会提高生活水平。所有这些怎么也不可能影响到冰川峰。”

“这个矿将影响到整个地区任何一个想来看一眼冰川峰的人。美国最后一片最为壮观的荒原地区将被搞得满目疮痍，就像蛆在吃苹果一样。不只是一个坑而已，还有垃圾堆、沉淀池、尾渣、粉碎厂、机械维修、电站、百吨大卡车。上帝！整个气氛都会变了。现在荒原的保护者都不得不用气氛这种抽象的词汇了，但事实就是如此。人怎么进来出去？机器怎么进来出去？公路？铁路？”

“当然，所有这些都将计入成本。”

“那好。冰川峰大荒原我的定价就是一百亿。远远不止这数，这只是表面的。根本没法估价。美本身的价格从来没人真正估算过。看那座山！再造一座同样的山要花多少钱？”

谈话突然停住了。在我们的面前，一段尺把长的镀锌铁管戳出地面。铁管不过七点五厘米粗细，可是至少在我看来，在这完全想不到的地方看到这根铁管，它似乎在向整个荒原区投射某种权威，似乎这就是铜矿本身。铁管旁标明这是肯尼科特第三钻位。帕克解释说，这应该打入地下一百六十多米，从管内取出的岩心直径大约也要有两厘米粗。取出的岩心不仅会表明在这个钻位是否有铜存在，还能说明斑岩的密度。在世纪初，如果铜矿石中的铜含量没有2%或3%，那就会放弃。目前，只要有0.7%的含量就要开采。我们坐了下来，围着铁管坐成了一个圈。我们每个人手中都有一袋花生、葡萄干和巧克力等零食，我们打开了各自的零食袋，边吃边看着这根铁管，一根孤零零的铁管。在它的周围长满野草，金凤花豌豆花夹杂其间，丝毫不受影响。

“这下面的储量是世界总储量的百分之几？”布劳尔问道。

“我不知道，”帕克答道，“肯尼科特还没告诉我。”

沉默。唯一的声音就是风声和山上小瀑布的声音。随后布劳尔开口道：“我们还不知道下面的储量。”

“不错。”

“如果你们从0.7%开始开挖，一直挖到0.35%——就算在这个含量水平时仍有经济可行性，这就是说谁也不知道这个坑到底要多大。”

“是这样。”

“在有限资源的地球上，传统经济发展理论早晚要完蛋。”

“没其他出路。”

“我们一定要想一个办法让它停下来。我想一种新观念离我们不远了。”

帕克脱下了帽子，理了理头发。“我希望你的乐观态度能维持下去，我是悲观主义者。”

“我只能抱乐观态度。这样我还能干点事。不然的话我只能去开个华夫饼干店了。”

在所有布劳尔咽下肚里的东西中，他最喜欢的是添加利金酒和生奶油草莓酱华夫饼干。

“铜影响着国际收支平衡，”帕克继续道，“我们是铜的纯进口国。”

“我看不出有什么值得兴奋的。”

“又来了，你说的意思就是你愿意降低生活水平。”

“说得太对了。”

“那你就是在增加城市贫民窟的问题。”

“降低一点生活水平和贫民窟还是有一段距离的，”布劳尔说道，“有一件事我们可以做，至少可以马上做，就是停止用铜皮包屋顶。”

“这不是一个很大的量。主要还是铜线。”

“大量的铜做了硬币。二十五美分的硬币就是铜和镍压成的。”

“是。我们可以不要它们。”

“我们可以用铝币。”

“铝币脏得要命，”帕克说，“很恶心。”

“好吧，这么说吧，我情愿在硬币上打个洞也不要在普拉默山上打洞。在这片荒原里开矿更恶心。”

“矿一定会开的。人口压力不可抗拒。”

“人口太多，就意味着污染。”

“我同意。我同意这至少是个现实的大问题。”

“两个孩子以上的家庭应该抽税。”

“这点我也同意。没有人口控制，其他都免谈。”

“你有几个孩子?”

“三个。你呢?”

“四个。”布劳尔坦白道。

他们都看着我。

“四个，”我说道。

医科学生满怀兴趣地看着我们。

“到 2000 年全球人口就要达到七十亿，”帕克说道。

“这个假定是错的。人口专家做了这样一个估计，我们大家就认为反正不可避免了，就听之任之，推波助澜让它发生。”

对于这种自我实现式的预言，布劳尔的态度有一种先入为主的反感，甚至有些不可理喻。他根本不相信社会学家用这种外推法得出的任何结论。

“印度？非洲？你见到数据了吗?”帕克追问他。

“我想马上就会有一次瘟疫。”

“那又怎么样，与此同时，人口压力无法抗拒。”

“中央公园和阿迪朗达克就没受什么影响。”

阿迪朗达克是州内也是联邦最大的国家公园。主要是由于几个布鲁克林大学的环保活动家的努力推动，在 1892 年建立的。他们在纽约州的州宪法中加入了这样一个保证条款："该森林保留地得永久为放荒林地。"

帕克戴上了帽子。"第二次世界大战期间，阿迪朗达克下面有一个钛矿。"

在铁管的周围，没有任何迹象表明从这里取出过铜矿岩石。我们离开了。我们的眼光四处搜寻泛绿的石头——有点像动物觅食。平缓的山坡草原一下子被崖壁边缘所切断。绝壁之下，是普拉默山泉形成的溪流。我们小心翼翼地在崖壁上一步一步往下挪。帕克用力挥动着他的地质锤，似乎不完全是由于他的怪癖。每当他砸到什么东西，我们全都转过头去，好像我们都在等着他一锤砸开冰川峰大荒原的密室。下到一半时，他把一块书本大小的淡灰色的石头一劈为二，并仔细地观察刚受到阳光照射的剖面。

"发现什么了?"

"没什么。矿脉痕很清晰。我们已经在矿区了。"

"就是没铜。"

"这里不会有。铜是水溶的。它渗出后会下沉。不过这一片可以确定就是矿区。"

"我们找得到铜矿砂吗?"

"可能吧。谁知道。"

我们朝着小溪一步步往下，小溪曲水回流，清澈见底，被水流冲刷得光滑无比的滑石三五其间，迎水面浪花飞溅，好一幅游鱼戏水景象。两点五米高处的一块滑石上，一挂清泉直泻而下。我们在那里停下。抬头望着高处我们开始下坡的那个地方，帕克说道："我们要关在这里了。我可不想再从这里爬上去。"我们的想法是，涉水过河，然后绕着山坡上那些被称为矿工脊的土坑前行，这些土坑就是在露天矿还只是三米来深的那个时代的那些小矿主们留下的。

布劳尔灌满了他的塞拉俱乐部的水杯并递给了帕克，后者道了声谢谢，一饮而尽："如果你放一根铁钉在里面，两年之后回来，我想，等着你的是一根铜钉。"

"海水里有铜吗？"我问他。

"非常少，"帕克答道。

"哈里森·布朗认为海水是一个可行的铜料来源，"布劳尔说，"大家都认为他是未来资源方面的专家。"

"这可得看你问谁了，"帕克说道，"无论怎么说，我可以断言他绝不会认为海水里有那么多铜。"

一位医科学生问："谁是哈里森·布朗？"

帕克和布劳尔解释，布朗是加利福尼亚理工学院的地理学家。他相信针对日渐稀少的自然资源的解决方案其实就在于能源。矿藏无处不在，关键是我们要找到可资利用的能源和提取技术。举例来说，仅仅在一点六立方公里的海水里所含有的锰，就比整个冶金工业历史中所有已采掘出来的总量更多。按布朗的说法，山上的花岗岩中就可以提取铀。因此，布劳尔语带调侃地说，内华达州的塞拉山脉整个就是个合成矿，我们只要从一头开始慢慢往前采掘，采光整个塞拉山脉，直至内华达荒山和加利福尼亚果园之间的大山全都变为沙土平滩，连成一片。

我谈到西雅图有一位环保人士曾告诉过我，肯尼科特公司可能会使用的一种提取铜的方法。就是在我们站立的这块地方将一个原子弹放到普拉默山中，把大山炸开并使碎片堆积在苏雅特河谷，然后用超大量的化学溶液把铜滤出来。

“犁头析铜法，”帕克说，“不会把山炸开的。这个说法太过了。地表基本上看不出什么。不过，他们也做不成。因为他们没法控制爆炸的方向。他们就只能炸出一个圆筒来。可是大多数矿脉不是筒形分布的。它们会带一个弧度。原子能爆炸只能走直线。”

布劳尔说：“如果布朗能从一块花岗岩石里就搞出那么多东西，那么从混凝土里起码也能多少搞出点名堂来。就让他从英巴卡德高速公路开始。”

有一回我和布劳尔驾车横穿摩加伐沙漠，在三十七八度的高温中，为了能排遣寂寞，我就问布劳尔他能不能搞出个短短的地名单子来让布朗去那儿做他的研磨工作。果真有个地方可以为布劳尔所接受，开挖这样一个超级矿的话，那会是哪里呢？“摩加伐沙漠，”布劳尔脱口而出，随后他陷入沉思。布劳尔的儿子凯恩，当时也坐在后座。凯恩插嘴说：“他憋住了。不会有几个的。他什么都想要。”这个名单连短都谈不上。布劳尔开始审视在他周围的摩加伐沙漠，他注意到那些形状怪异有点像用水管搭建起来的约书亚树，地面上纵横交错的裂隙，那些长年风化形成的沟沟坎坎。“我收回，”他开口说道，“形态各异，蛮好看的。”

在溪流的水底，我们又看到了另一根镀锌铁管。这根铁管是成四十五度角斜着打进地里的。没有任何迹象表明这儿有铜。除了这根铁管之外，能说明有人在这里活动过的，还有周围几个被卵石挡在水中的开裂了的汽油罐。一定有直升机把钻头运来，再满载岩芯样品飞走，那些黑绿色的可能含铜的岩芯。我注意到帕克走起路来一瘸一拐，我自己也开始跛行。即便是想要回到土路上，我们也还有一长段路要走，更不用说要到今晚计划的宿营地，名闻遐迩的绝景——倒影湖。倒影湖悬岩环绕，一池如镜。所在位置，又恰好将冰川峰尽收眼底。她不仅反射，似乎还放大了冰川峰的倩影。因为要兜一个大圈子，帕克不大想去。可是布劳尔感到这个湖不能错过。同时，我们还得沿着矿工脊找铜矿的踪迹，而这部分，又正是最难走的地段。植被浓密，无路可循，岩石遍地，洞穴处处。矿工脊整个地形十分险峻。很明显，一路上都得手脚并用。帕克努力沿着比较好走的路，慢慢前行往下坡走去。他一面把缠在一起的树枝弄开，一面不时锤击旁边的岩石。不知怎么的，我们两人与其他人分开了一段路。我们高声喊叫，听他们也在喊。他们远远在我们后面，还在高处。我们停下来等他们。

“布劳尔现在住在房子里，不是吗？”那丝讪笑又浮上了帕克的嘴角。我也咧了咧嘴。我告诉他有一次我在斯卡斯代尔听到一位听众告诉布劳尔，他实在应该穿兽皮住岩洞。

我想起了布劳尔的家。房子高高的建造在柏克利校园旁的山上，紧贴陡坡。这是一个结构简单、红杉木造的房子。虽然称不上大，但也占满了布劳尔的那块地。那块地是布劳尔在战后建房潮初起的1946年买下的。他在一个信壳上画了他见过的某幢房子的草图，让承包商为他也造一幢——是他小区的第一幢。基本没什么前院，只是小小的一块水泥地，布劳尔用来停放他的沃尔沃车和大众小巴。后院是一块泥地，这是布劳尔室外的私人领地，有三千平方米左右。这是热带丛林的微缩版，种满了植物，枇杷、柠檬、海棠、杏树、桃树、山茶树。从布劳尔房子的前窗远眺，旧金山海湾一览无余——金门大桥、海湾大桥、游艇半岛码头、白城、如果没有马路对面那根高高的电话线杆，整个景色无疑将更为摄人心魄。可是那根电杆就立在正对面，四五个方向的来线缠绕钩挂在一起，就像半空中的一团乱麻，一团巨大的铜线乱麻。

"是，他确实住在房子里，"我说。

我们听到布劳尔和那两个医科生踏过乱草向我们走过来的声音。

"油漆了吗?"帕克问道。"大多数人并没意识到漆里面要有染料。现在，大多数白漆都用钛作染料。红的是赤铁粉。黑色的大多数是锰。黄的用铬，橘红是钼。金属漆更耐磨一点。染料都是从地下岩石里提取的。布劳尔家的电力系统所用的铜线可能就是采自秉翰峡谷。没有铜，他既开不了灯，也制不了冰。而把整个房子钉在一起的钉子，则来自摩舍比山脉。他家落水管上镀的锌，差不多都来自加拿大的地底下。电灯里的钨丝很可能出自加利福尼亚的比肖普矿。冰箱门上的克罗米涂面则来源于罗德西亚或土耳其。电视机里的钴产自刚果大概没什么疑问。他在用牙买加的铝，也可能是苏里南的；墨西哥或秘鲁的银；玻利维亚，马来亚或尼日利亚的锡——锡罐就是用这东西。我们很少停下来想一想，天上的飞机，路上的汽车，塞拉俱乐部的水杯，所有这些东西，它们曾经都是岩石，躺在地底下的一个角落里。我们的整个经济——我们的行事方式，所拥有的大多数物品，甚至我们的文化——都依仗这些东西。天哪！我甚至还没有谈到锰和硫。没它们就没钢铁。只要有一个国家的硫酸消耗量，大致上就可以估算出一国的工业产能。硫磺公司正在亚当山上探测，你听说了吗?”

亚当山是喀斯喀特山脉最负盛名的美景之一，是一部火山的教科书，平缓的轮廓线，流畅地在白雪笼罩的山顶相遇。该山由美利坚合众国政府所拥有，但山顶可以开发。而山顶正是硫磺所在。

布劳尔和医科生赶上了我们，布劳尔问我们怎么样。

“还不错，”帕克说道，“说老实话，我真希望这双鞋仍然在加拿大的鞋店里。我的脚出问题了。”

“找到铜了吗?”一位医科生问道。

帕克摇了摇头。“不过，它们就在那里，”他说着，一边把手指向下面，“准没错。”无路可走了，体力也不够了，我们就沿着矿工脊往前，我们遇上了一大片洞穴，还是没有铜，前进的速度更慢了。想找到一些铜矿床的证明其实只是好奇心——没人怀疑山里肯定有铜——但就是这份好奇心，这种亲自寻找的心情，仍十分强烈。

帕克继续讨论他的矿物。很少几种矿物是在它们的自然状态下，用他的话来说，独立存在的。锌是在闪锌矿中，锡是锡石，钴是砷钴化合物，水银在硫化汞中。每一年，在美国，大约有一千五百吨银——总使用量的三分之一——用于照相底片和造纸。买一斤汉堡包的钱，就可以买十斤的铁，如果不是这么便宜，全球各地都要出现经济问题。矾存在于沉积岩中，可能提供了解决空气污染问题的钥匙。矾能够除掉废气中的毒性。钛存在于佐治亚和佛罗里达的海滩下的红宝石沙中，用于超音速飞机的外壳上，因为不加钛，铝在摩擦热的作用下会融化。全部的水银都来自三个地方：阿尔马登，依得利亚，阿米亚塔山（西班牙，南斯拉夫，意大利）。水银对任何测量或控制温度和压力的仪器都十分关键。不但没有已知的替代品，量也非常少。日本人从内华达买铁矿砂，从西弗吉尼亚的露天矿买煤。在美国许多地方，要想买一根不是日本产的铁钉根本不可能。没有任何一个国家能够完全供应自身所需的所有矿产品。1900 年以后我们消耗掉的矿物量超过以往所有用量的总和。

不久前，以更为严谨的结构，帕克出版了《富裕的危机》。一方面，这是一本有关矿物的科普著作，同时，这本书又敦促人类珍惜我们所拥有的东西。该书逐个介绍各种矿石，用简练清晰引人入胜的语言，详细讲解每一种矿石，它们是什么，从哪里来，对我们有什么用，以及最后我们又如何被自身的生活方式所禁锢，受它们驱动又依赖它们，一旦离开它们，我们的生活方式将轰然倒塌。他引用了杜瓦爵士的语录："思想是降落伞，打开时才起作用。"他更进一步区分了什么叫"环境保护"（至少是针对矿物而言），那就是为了大众的利益，而不是为了工业资本的利益，彻底利用每一种自然资源并尽可能减少浪费；什么又是"环境保存"。他说，勘探能源是矿物开采的关键，也是人类社会生存的关键，远比探寻月球背面重要，他还谈到，每个国家都应制定矿物政策，合理开采开发矿物资源，并开展互惠的国际贸易。关于铜，他在书中谈到，美国每年起码需要二百万吨。"谈到有色金属，我们看到，无论汞的价格有多高，也无论铝的需求有多大，铜仍然是这一类的大项。勘探铜矿的努力远超人们的一般了解，尤其是近几年，甚至有数个国家的整个经济都依赖于此……我们还没找到一个铜金属自身之外的替代品。"

那天午后的三点半左右，我们来到了一条直接从陡峭的山坡上流下的小溪边。我们放下肩上的重负，脱掉了鞋袜，把双脚浸在水里。帕克说了声："天哪，这可太舒服了。"在水里，我们双脚的皮肤显得像鱼肉一样苍白。水冷得我有点受不住。但是，只有这样才能继续走路。冷泉让我们恢复了一些。有一段时间不疼了，一天就能多走好多里路。往上游走出去一些后，布劳尔从溪流中舀了满满一杯水，边喝边说道：“这就是荒原的价值，不要其他任何理由，这些地点大概是地球上最后能够喝上一口好水的地方，这个理由就足够了。”没人搭腔。我们累坏了。溪流静静地在前面流过，我们的眼光越过深邃的苏雅特山谷，看着对面冰川峰脚下的处女林和冰雪覆盖的峰顶。帕克死死盯着躺在溪底的石子，过了一会儿，他探出身去，探向水中，弄湿了他的衣袖。他从水中拿起了一块豌豆大小蓝中泛绿的石子。他把它放在掌心递给我们看：“我们找铜找了一天，”他说，“这就是。”

山谷对面的山峰之美，冷峻而至高无上；帕克掌心的石子之美，温暖又直指人心。它挑动着我们的每一根神经：我们的食欲，渴望，抱负，贪婪，从纯美的欣赏到掠夺的本能，全在石子和我们眼睛之间流淌。帕克又探入水中，同时说道：“又一颗。那蓝的是硅酸铜，绿的是碳酸铜。”

我们所有人，包括布劳尔，全都跪在水中，搜寻矿石。布劳尔捞到了一颗。很明显，他十分兴奋。布里格姆找到了。斯诺找到了。帕克又找到了一颗像知更鸟鸟蛋大小的、蓝绿相间、杂以二氧化铜黑斑的石子。

“天哪，看看这一颗！”

“变性入侵岩中的硅和孔雀石，”帕克解释。

“我又找到一颗，”布劳尔喊了起来，“上帝，看看我的。”

“喂！上面更多！”斯诺大声叫道。

“这些岩石大概就是二长岩——相同量的碳酸钾和碳酸钠长石在高温溶液条件下变性形成的花岗岩。我得把它们带回实验室去才能确定。这些铜是在山体还是熔岩时从地心流出的。”

斯诺在高处放声大叫。他手中拿着一块高尔夫球大小的绿色的石头。山坡和河床陡得像楼梯一样。十分钟前，想到还要往上走会让人感到心灰意冷，两腿灌铅。可是现在，铜，使我套上皮靴，手脚并用，攀爬着向斯诺走去。

越往上走，绿色的石头就越大——五厘米，八厘米，十厘米的都有。帕克、布劳尔和布里格姆还在那里收集着小石子，百米开外一块突出的巨大的岩石旁，斯诺找到了一块一手都搬不起来的大矿石。在大岩石旁，这类石头遍地都是。我把一块石头高高举过头顶大声对布劳尔说：“看看这块！难道你不认为把这些铜留在这里是对社会的犯罪吗？”

“等在那里！不要下来！”布劳尔高叫着。从高处往下看，布劳尔只是个小个子。他在对着斯诺和我招手。“不要下来！我们明年开春派一队人马来！”

大岩石的背后就是铜矿矿源。一个极深的开口窄窄的洞嵌在山体的一面，看起来就像一个小小的洞穴——荒原中一个毫不起眼的缝隙，不仅将宝藏暴露给世人，还把碎屑撒落在四周。斯诺和我将大约十公斤的矿石装满了一个帆布袋，走回下面的河床。

看来没人急着离开。我又脱掉了鞋袜，再次把脚浸入溪流中。布劳尔搜集到了一批漂亮的小石子。他兴趣十足地端详着我们带下来的大石块，同时又硬装出一副满不在意的模样。布劳尔喜欢收藏石块。在他旧金山的办公室里，在他的办公桌后面，摆满了他从各地收集来的岩石，尤其是那些来自科罗拉多州格伦峡谷和大峡谷的石块。大多数时候，他并不了解这些是什么岩石，再说他也不在乎。只是由于漂亮，他才把它们留在身边。

帕克久久地凝视着冰川峰。它近在咫尺。我们从未如此靠近它的身旁——它是如此之大，峰高一千五百米，巍然人前，让人感到被逼得透不过气来。“这就是地质科学吸引人的地方，”他说，“地质学家之所以在野外工作，是因为他们热爱地球，热爱室外。”

“讽刺的是，他们来到荒原，改变荒原，”布劳尔说。

帕克看上去累坏了，不想再争什么。“有些采矿法规确实不合常理。”他停了一会儿这样说。他解释说，当一家矿业公司或任何私人针对一片公共土地获得专有开采权后，他们有权想干什么就干什么，似乎是他们——而不是美国人民——才是这片土地的所有人。按照联邦法律，他们可以砍掉所有的树木，甚至建造摩天大楼。只要肯尼科特铜业公司乐意，就可以在冰川峰大荒原建造一家度假村。在帕克看来，这项 1872 年生效的法律违反常理。同时，他认为只能给予矿业公司租赁合同，而在合同期内，对土地的使用和采掘的方法，都应有严格的限定。在他看来，这样的做法，将大大有助于消除目前存在于环保运动和矿业公司间非此即彼的对立观点。在说话的当口，他把双脚抬着晾干。我第一次看清帕克的脚后跟通红通红的，似乎在滴血。他穿上了袜子，然后小心翼翼地套上了他的皮靴。他站了起来——我们都随之站了起来——并向西沿着山脊往前走去。即便在我们回到了土路上之后，他仍然得拖着双脚忍痛前进。去倒影湖就意味着要绕好大一个圈子，多爬一座山峰，并在隔天要经过一个几乎垂直的陡坡下山。但到了岔路口，帕克还是走上了去倒影湖的路。

在斯坦福大学帕克的办公桌上，有一张驴的相片，注脚写着："我来帮你？还是自己干蠢事？"旁边还有一张放大的五分邮票的复印件，那是樱桃树枝环绕着杰斐逊总统纪念馆的邮票，下饰铭文"植树美化亚美利加"。帕克的曾祖父是美国独立战争时期的民兵，祖父是圣菲小径的导游，父亲在威尔明顿经营一家地产代理和一家旅游公司，大哥离开了他们，去了新墨西哥的贝尔农场当了一名牛仔，这也是帕克年轻时代对西部一心向往的原因之一。帕克身材高挑，四肢硕长。他为人随和，有些大大咧咧，他当初是篮球队队员——优秀的球员。他不仅替威尔明顿高中打球（他是1922班的），也替许多教会的球队做替补。父亲要求他去每一个打球的教堂做礼拜。所以在很长一段时间里，他每个星期天起码要做两次礼拜。他说自那时起除了浸礼纪念日之外，他再也不去教堂了。在那个年代，他也曾沿着布兰迪维因河露营，在切萨皮克湾垂钓，收集那些住在大西部的人给他寄来的石块，想象着自己有一天也能亲自到那里去。

十八岁时，他去了纽约，然后买了梅森轮的通铺票去得克萨斯州的加尔维斯敦。这是往西走的最便宜的路了。他不知道最终要去哪里。他考虑去高登（科罗拉多矿校）或索考罗（新墨西哥矿业学校）。“那时要想上这类学校，只要人去就可以了，”他有一次这样对我解释。他最终还是去了索考罗。他是该校的篮球队队长。他学习了矿物学，又去亚利桑那州立大学修了硕士课程，随后又去明尼苏达大学读了博士。在那个年代，矿业圈里在说到他时都叫他的外号“查斯”，以区别于当时许多中国矿工都被称为“查理”的这个蔑称。他为新墨西哥州汉诺威的新泽西锌业公司做了一段时间的矿山测量员，在那里，他遇见了一位科罗拉多州的姑娘——尤拉·帕克，并最终结婚，成了他两个儿子和一个女儿的母亲。他女儿是一位物理教师，而他的两个儿子都是地质工程师——一位在翰博油业，另一位在汉纳矿业工作。现在没什么学校教采矿地质学了。多年来，全球各地的学生都拥向斯坦福大学，那是因为帕克——只要他没去赤道非洲或安第斯山脉或大盆地或黑丘岭或什么其他地方——那么至少在学校开学时，他总是会在那里，教授诸如矿物原理等课程。

我们大概还在倒影湖东面两公里处。帕克停了下来，捡起了一块石头并用他的锤子一劈两半。他说：“我们已远离铜矿的矿床了。这个矿肯定到不了倒影湖。这里的岩石不是入侵岩。是完全的火山岩。”

“当然，也可能只是火山表层。”布劳尔指出也有这种可能性，在地下深处的某个地方，铜矿矿脉渗入了某个暗角。

“说得也对。可能吧。”帕克说着，疲惫地耸了耸肩，继续吃力地往前走去。

在倒影湖旁，我们可说是一群怪人。帕克和我是一步也迈不开了，两个医科生看来依旧精力充沛，布劳尔也乐颠乐颠地哼着小调。布劳尔歌唱的可真不怎么样。他越是兴高采烈，歌声就越难听。在山里，他就成了巨人安泰，他的心情实在不错。

倒影湖十分狭小——就像那种牲畜平时饮水的水潭，坐落在一片平坦无树的山地上。我们慢慢绕着走了一圈，想找一块过夜的地方。太阳正在下山，我们来得太晚了。我们走过一顶顶的帐篷，那些红的、绿的、蓝的、黄的帐篷。一丝风也没有。我们能听到沿湖四周的人声，还有收音机的声音。我们一边走，一边和人打招呼。沿湖岸西北面的山阴最浓，温度也最低，就那儿还有些空位，我们就占据了这些空地。我们是从东面进山的，而这些人是从西面进来的，那面的路肯定好不了。最近的公路在西面二十五公里以外，至少一千两百米以下的地方。不过，那天晚上那个小湖倒有一些沙漠绿洲的气氛。抖抖索索的我爬上了一个斜坡去亲眼看看大山在水中越来越暗的倒影。客观而言，水中的倒影也真像传说的那样。只是在湖面的上方，似乎飘浮着一块“额满”的告示牌。

旁边，是一块真的指向方便之处的指示牌。我们去找了一些细树枝，那可真不好找。我们总算搞出了一点火苗来，大家都围拢来取暖。我问帕克和布劳尔：“你觉得现在是在荒原吗?”

“是的，”布劳尔说，“这么多人当然会影响对所谓荒原的感受。但我见多了。在他们走后，什么也不会留下。我知道的。”

有一次，我和布劳尔在塞拉山的一条土路上与一群登山客迎面相遇，他们是那么一大帮人，弄得布劳尔十分不爽。他们并没有骑山地车，没有带收音机，也没有乱扔啤酒罐。他们使布劳尔不舒服，就是因为他们出现在那里。布劳尔不停地问他们，在我们前方的恒弗雷盆地，是否人“太多”。当他认为恒弗雷盆地——一个面积近十平方公里的盆地——必定有许多人类活动时，他半道折向大山的另外一边。还有一次，我和布劳尔从西面沿 198 号公路进塞拉山，当天正是周末长假的最后一天，汽车像一条长龙从对面驶来。布劳尔不急不慢驾着车。“我们在这里等得越长，山里的人就越少，”布劳尔这样解释。

这回是在倒影湖。帕克说道：“这根本谈不上是荒原。我心目中的荒原是走上一公里碰不上一个鬼。这儿人实在是太多了。”

布劳尔说：“真难以想象有那么多人会走那么多路到这儿来。”

“人口压力，”帕克接嘴道，“谁都阻止不了。我搞不懂的是，他们为什么偏要到这里来。不就是山里一个普普通通的小湖。”

我们把晚饭放到了唯一的锅中，把它烧开。大家吃着，谁也没在意吃的是什么。帕克又第一个打破了沉默。“我在这块地方走得越多，就越看不出一个铜矿能对它有什么影响。我们刚进山时，我还想或许会有一些影响。可是，哎哟喂，现在我可看不出来。”

“挖掘地点离这里还不到两公里，即便是这个湖，再也不会有什么荒原味了。目前的压力，它已经承受不了。这里的生态系统十分脆弱。虽然恢复很快，但仍抵不住不停地搞。这种破坏会一直影响到苏雅特山口，也就是说，冰川峰荒原事实上会被一割为二。”

“在这儿，会有一个采矿的企业在工作，他们到这里来，就是为了干这个。矿工们会在矿上干活。当然会有些人跑来跑去，爬爬山，钓钓鱼什么的。这不正是他们一直都在做的事吗？矿工们也喜欢荒原。”

“问题是他们要挖出来，带出去。”

“哦。”

“采矿之后就是伐木。”

“这你能管得住。”

“也只能这样希望了。”

“你所谓的管得住就是不让人碰。”

“环保组织能做到的就是把一些事情推迟而已。从来没有什么永久性的胜利。当我们赢了一个回合，那片荒原还在，依然非常脆弱。而当我们输了一个回合，那片荒原就再也不存在了。”

“这可不一定要这样。”

“事实上是死了。”

“我不同意这种荒原的概念——拿走一大片土地，保留起来，说是为了后代。我看不出有什么道理。”

“荒原说起来就是一个大家能去的漂亮地方。但这并不是荒原的全部。荒原是地球多样性的一个储蓄所，我们正在把我们还剩的一点点家底以可怕的速度耗费掉。我们现在就要把它止住。只要还未开发，就不再开发。”

“要是换上我，我就要把一部分划为可利用，另一部分划为不得利用。划出一大片地来并把它们整个保持在一千年前的样子——你做不到。人口压力太大了。”

“所谓荒原其实就是让所有的自然因素在没有人类干预下发挥作用。如果还有百分之十的土地未开发，那么，我们就不要再开发，就把它们看成是交给教会的什一税好了。人，为了自己的利益已经获取太多了。我们要把余下的当作不存在才好。那些东西是为了其他目的才存在的。”

“什么目的？”

“不是人类的目的。人在这个时间轴上并不太久。”

明月高挂，冰魂素魄，清光四溢。我们静静地与它对望。人类不久前去过那儿，再过几个星期，又要回去。“月亮上或许真会有什么机会。我看不出能有什么。”

“阿波罗 11 号已证明了自己的能力，这已经足够了，”布劳尔说道，“让我们现在把钱花在别的地方。我们要拯救地球。”

“月球漫步是个蠢主意，”帕克表示同意，“关于地球，我们还有好多东西需要了解。我们很需要了解这些东西。这要花很多钱。”

“我们还没穷到非得把荒原给毁了，也还没富到能把这荒原给供着。这话总结得太好了。国家公园服务署的德鲁里主任说的。”

“我不相信我们能够让原料消耗的增长停下来。”

“没了，就停下来了，”布劳尔说，“而在目前，尽量少浪费一点。”

“浪费是一种犯罪。”

“我们如果每年能利用足够多的再生铜，这个矿就没必要。我们现在知道我们其实置身于一艘宇宙飞船上，我们要把有限这个概念根植到脑子里。有些事必须得停下来，不然这个世界真会不得了。有限这个概念，处处适用，不管我们是在谈什么，小岛，长河，高山，甚至是人，空气，无不如此。我们想要保留的是生活的多样化。”

火光微弱，几近熄灭，谈话也慢了下来。温度相当低。我们四下散开，找各自的睡袋。布劳尔在岸边高处的礁石上找好了自己的铺位。作为山里人，他知道高处暖和一些，也没那么多露水。我和帕克的双脚疼得要命，不想再爬了。我们在下面平躺下来。帕克一边翻动着身体想躺得舒服一点，一边说：“我知道七八个像倒影湖一样的湖泊，能够驾车去，还没那么多人。我把我在倒影湖中的那份儿给你，换点假钱也好。”说着，他睡了过去。正好晚上八点半。

有一次在黑丘岭，帕克把我带去了西半球最深的矿井底下。我们花了一个小时才到地下——先是乘一个竖井缆车走了大概两公里，然后在一个平面上乘矿车走了也是两公里左右，再是竖井缆车，直下到离地表两千米的地下。在那个地方，每下降一百米，温度就上升两度。在下面，岩石的温度高达四十九摄氏度。可是我们走的坑道中的温度只有三十二度左右，地表的冷空气通过帆布的管道打到地下。这些坑道称为风洞。我们穿着工作服，橡胶靴，戴着安全帽和顶灯，还戴着防震眼镜，沿着一条风洞走到了底部——这个矿的最深最远的地点。帕克一路走，一路用锤子敲打着，随着四溅的火花，石块也掉落了下来。主要是些暗灰色的岩石，带着一丝丝黄铁矿的闪光，有时嵌着白色的石英粒。我还保留着那些敲下来的岩石块，也经常拿出来给人看，尤其是小孩看——并询问他们认为这是什么东西。这石头里有什么？为什么我们要挖那么深的一个洞？是什么东西让他们跑到两千米的地下？他们可能在找什么？答案从来都不是那么一言中的，可能是由于这岩石块的外表吧，毫不起眼的外表。“铁?”他们有时这样猜。“铜?”“银?”不对，再猜。这是我们为什么要采矿的最终理由，各国经济的实质基础，能扁能圆，能粗能细，存在于地表中而又使人最不能自持的矿石。当他们猜出“黄金”时，都会眼光一闪。

另一天，回到了地面上，帕克到一片闪岩山岗去寻找那种绿色的枕石。在地理测绘杂志上有人提出，这些枕石在黑丘岭的石脉皱褶中的位置可能提示着黄金矿脉的大致方向。帕克沿着悬崖上一道石脊往前走，一边用锤子敲打着枕石。最终他说："我说根本不能确定，不能确定。"我们在高处，能看到周围的景致。参天的松林和杉林，一片墨绿，如此深浓，以至苏族人把此地叫做黑丘岭。它的两侧地貌贫瘠，一边是南达科他州的荒地，另一面是怀俄明州，夹在中间的黑丘岭绵延两公里，空气寒冷潮湿，郁郁葱葱的山谷和清冽可鉴的瀑布，水中鲑鳟相戏，沿溪麋鹿出入。"苏族人深爱此地，"帕克叹道，"怪不得他们不想放弃。"

土地对于印第安人来说是宗教的实体形态，而黑丘岭，对于苏族人而言，正是他们的宗教。黑丘岭，丰富的野兽和鱼类，迷人的景色，滋养着苏族人的身躯和灵魂。印第安人没有私有财产和私有土地的概念。一个人来占有一片土地的想法对他们而言，起先怎么也解释不清，到总算搞懂了，他们认为这是对自然的一种亵渎。随着白人到来，财产和产权的概念随之而来，也带来了不平等和矛盾，最终触发了自然保护运动。而同时，在1851年，条约保证了苏族人能永久保有黑丘岭。1874年，白人在这里发现了黄金。1875年，大批的白人拥向这里，拥向黑丘岭——主要是些社会渣滓，如狂人比尔·希科克。这是美国历史上最后一次淘金潮。当初对苏族人的保证再也不提了。苏族人用剿杀美国著名的卡斯特将军和他的部队来表达愤怒。"再往东一百六十公里的南达科他保留地中，现在还有些苏族人。”帕克向我解释。“塞拉俱乐部里可没有苏族人。”

我们走过一片不大的沼泽。百合、雏菊、薄荷、黄豌豆花竞相开放。我们看到了一个个凹坑，看上去就像是没有回填的墓坑一样。熊果莓长在这些坑中。有一个坑中还长着一棵山杨树，高大挺拔，枝干茂盛，看上去无论如何得有百年上下。“探矿人留下的，”帕克说道，“来到这里，花上一天或一天半，在地上挖一个坑。如果挖出点什么名堂来，这就成了他发现的基点坑，对周围他就可以提出所有权的主张。就这样打一枪换一个地方。他也不知道靠什么来找矿，就靠着黄金与石英和黄铁矿的伴生关系来找。有时探矿人会找到花生大小的金豆子，但这种机会太少了。挖掘，或在水里淘金，都是非常苦的活。”凉风阵阵，眼光沿着那棵山杨树往下，高垒深沟，一片荒凉。我们先前沿着走的岩层到此也就结束了。“前寒武纪的岩层，”帕克解释，“三十亿到四十亿年，可能是吧。有些前寒武纪的岩层在密歇根州那边，都是些早年的枕石流。伯克夏那边也有一些前寒武纪的。还有些在大峡谷的底部。快看，看那边！看那两块枕石！这家伙下面大概有些东西。”

黑丘岭有多条土路，其中之一就是那条从电报峡到枯枝坡的百年老路。某天下午，帕克正驾车经过这条路上时，他谈道：“这就是我热爱这个行当的理由。你能领略各种美景。如果还有机会再来一次，我仍然要做这个行当。”随后的几公里他观察到了一只夜莺，一只白羽草雀，一只韦斯帕雀，一头西霸鹟以及一只独栖雀。他是全美鸟类协会的会员。他深知在野外该如何观察。和我一起工作过的人中，还没一个像他那样对周围发生的一切如此敏感。黑丘岭的野外地形似乎也印证着他对自然世界的各种认识，让他乐此不疲。他曾说过："一谈到维护自然环境，我恐怕大家都有一点情绪化。这儿就有好几个锯木厂。他们砍伐成熟的树木。他们能毁坏什么呢？我看不出他们对这里的环境有什么影响。虽然我也喜欢户外活动，但我并不需要荒原。对伐木我们却有需要。对采矿我们也有需要。公众不了解什么是采矿。他们还没认识到矿藏和金属对他们生活的重要性。离开了工业，我们没法生活。而这恰恰是环境保存分子想要做的。锯木业，矿业和森林是可以共存的。这里的森林十分迷人。它们的确很迷人。黑丘岭就是一个现实的例证，工业并没有毁坏环境。"用帕克的话来说，整个黑丘岭地区被毁坏的部分就是拉什莫尔山，那里的山体被切掉，换成了美国总统的头像。不巧的是，杰斐逊总统的鼻子开裂了，林肯总统的下颌也是。华盛顿像上有水迹。所有这些，只是加大了伤害而已。原本就不该有什么总统头像。原本就应该是一座山。现在，旁边的一座山上正在雕塑着一座美国土著疯马酋长的像。其实，苏族人根本不需要什么纪念人像。他们的纪念碑高达两千多米，早在前寒武纪时代就已经矗立在此了。

有关枯枝坡的多个故事中，大家说的最多的就是这个深金矿了。帕克作为该矿的董事，到黑丘岭来是要做一个金矿的模型——或者说一种三维地图。三种变构岩层，即：霍姆斯特克变构、埃利森变构以及普尔曼变构，像三色冰淇淋一样在这里绞在一起。从建成的坑道中，细细的探钻深深地“探”入岩体，有时长达四百五十几米，就像奇怪的触角。利用这样得来的数据，帕克要把地下数公里岩体中矿脉的每一处沟纹弯折都在一叠塑料片的模型上表现出来。

在地下两千层（矿工们这样叫地下两千米的坑道）帕克仔细地看着坑道壁说，“这里的矿工只要看一看坑道的拐弯处，就可以说出是谁开挖的。他们以笔直的坑道和平整的坑壁为傲。他们是硬石矿工，不是煤矿等软石矿工。他们要别人注意到这个区别。其实，采矿也有它的优点。外部条件是稳定的。我们能够控制环境。在矿上工作的人都知道他们在创造什么。他们认为这是在创造财富。他们认为自己是地质工程师。每个矿工都有他自己特别愿意采挖的地段。”

帕克叫来了另外几个矿工一起来谈谈。由于旁边还有探钻在工作，谈话就是扯着嗓子叫。一个说：“我不喜欢在地面上干活，喜欢在地下。环境是恒定的，不会有什么暴雨狂风。我如果不喜欢，也不会做那么多年。这可是开山劈石的活。”

帕克解释，矿石会被运上地面，粉碎碾磨成细沙。然后把水银倒入沙中。水银会把黄金都集聚起来，不带其他成分。然后把水银加热蒸发掉。氰化物溶液再倒入沙中，把更多的黄金溶出来。锌会被加到金氰溶液里。锌会溶解并析换出黄金来，黄金就会沉降到底部。处理后的沙会被运回矿内，拌上水泥，作为垂直采掘的基础平台。就这样，金矿消化自己产生的尾渣，避免了大面积影响环境的美观——但是随着碾碎的细沙在数量上日见增多，不可能把全部都运回地下。黑丘岭有一座山就是平顶的黑色岩沙。就这样，机缘巧合，白木溪流过矿区后就变成黑色了。

帕克解释，三吨矿石只能提取一盎司金——和一个雨点差不了多少。地球上每个人的经济活动其实只有三分之一盎司的黄金在支撑。美国黄金储备所诺克斯堡这个名字听起来似乎暗示着地堡中堆满了金条，可实际上诺克斯堡的黄金堆块也就是六个立方米而已。全世界的通货准备金用一个网球场就可以装得下，大概还到不了网栏的高度。

现在，躺在北喀斯喀特山区的倒影湖边，帕克鼾声渐起。为了挡住露水，我们拉了一张透明雨布遮在脸的上方。我仰面躺着，透过雨布，看着有些模糊的星座。我记起了有次走进帕克在帕罗奥托家中的起居室。首先吸引人注意的是那本在咖啡桌上的书：《黄金：魅力、权力和诱惑》。

到了早上，我们往下朝苏雅特河走去——这是近一千米的陡坡，我们沿着一条草丛中的矿工脊下行。下山的路是这么陡峭，连布劳尔都开始说在这种陡坡上人如果掉下去那会怎么样怎么样。大家都开始两腿发抖。帕克说他现在才不管掉不掉下去——他的脚才是他最大的问题。他最终还是脱掉了皮靴，改穿一双镂空的便鞋，想来想去情愿让脚割破，也不愿再受脚跟被挤压的折磨。即便有这样那样的困难，他还是不停地敲打着岩石。下了陡坡后，就有一条大致与河流平行的小土路，大概能走十六公里。随着高度的降低，树木越来越粗壮，森林越来越茂密。到后来，我们就在直径达两米的道格拉斯冷杉之间穿来穿去。空气被太阳烤得暖洋洋的。虽然还不能从密林中清楚地看到苏雅特河，但她奔流的声音已清晰可闻。她发出的声音就像巨石在某种金属管道中滚动，隆隆作响。随着下午一点点过去，声音越来越响。帕克谈到，他知道在阿拉斯加有好些河流，早上还能蹚水过河，到了下午可了不得，河床中灌满了融碎的冰块，水急浪高。“这条河也差不多，”他这样说道。现在就能看清苏雅特河了：浪峰壁立，急漩连连，水花四射，拥裹着融冰的白沫呼啸而去。“这条河可真够狂的，看那些冰末子打出来的白浆！”帕克继续说道。

土路的低段到处都是乱糟糟的工地。美国林业局要整修这段路面。炸药炸开了巨石，电锯截断了挺立的大树，为的就是要把路面拓宽，把坡度拉平。布劳尔开始抱怨林业局，说他们其实是一帮木材工程师，对生态系统一无所知。他们所谓的选择性砍伐就是找一座山，把上面的树砍到一棵不留。他说：“作为环保分子，我们希望林业局不要干涉荒原，基于同样的理由，国家公园服务署也最好不要管。他们为了自己的方便建造了太多的东西——那些巡山人都不知道怎么巡山了。”

布劳尔就这样有一句没一句地说着。迎面过来一个牵着三匹马的人，马匹驮着用完了的空盒子。他三十五岁左右，身材魁梧，体魄健壮，衬衫下隐隐看得到结实的肌肉，他剃着短发，有着淡灰色的眼睛。他的名字叫戴蒙特，他告诉我们他是这里的领班。布劳尔毫不客气地抱怨他们是在土路上瞎搞。戴蒙特回过头来，看了看帕克，再看看我，又看了看两位医科生，然后才开口说道："你们这些荒原爱好者什么都没变。"

"你们这些林务官也什么都没变。"布劳尔嘟哝了一句。

戴蒙特紧了紧马的辔带，说道："无论我们到哪里去，无论我们做什么，我们总要留下痕迹，事情就是这样。他们叫我们做百分之十的斜坡，半米宽的道，两米五的净空。如果要砍掉几棵两米的冷杉，那我们也没办法。"

我问他家在哪里，他说出生在三十二公里外的地方。

他对铜矿有什么看法，我问。

"不喜欢。我来告诉你为什么不喜欢，"他说，"我不喜欢那些随之而来的人。我早就见过他们的地盘，在爱达荷州的华勒斯，在蒙大拿州的巴特。又脏又乱，破旧不堪，人如其物。我可不想让我的孩子在这种人周围长大。"

最后的八公里，我们都自顾自地走了，我们不再走在一起。我和布劳尔走在一处，他依然速度不减，而我，就像个酒醉的人，你知道的，不停顿地走了太长的路后，两腿好像不长在自己身上那样。最后的一段路，脚像踩在棉花上，整个人，也像在现实与虚幻之间来回。土路离苏雅特河越来越近了，有几处，就在近旁。水声，震耳欲聋。不过，到了最后的一千米，我们察觉到了除了水声之外，还有另一种声音——一种很尖利的呼啸声，像憋着喉咙在嚎叫，我们越往下走，这种声音就越响。我们走到了头。就在那里，在河里，在河水的中央，在那巨浪拍打之处，是一辆巨大的推土机。不知道它在干什么，已经半身浸在水里了。它在那里用劲地推着搡着，退一退，又进一下，吭哧吭哧喘着粗气。它在那里摇晃抖动，似乎河水根本不存在。推土机远强于河水。

我坐上了河边的一块大石，脱下靴子，把双脚浸入水中。已经好几个小时了，我除了双脚以外什么都不能想。现在，双脚在水中，融冰的白浆把疼痛一洗而空。看着推土机在河水中挣扎，我的思绪回到了今天所经历的一切，回到了我们刚开始的清晨之时。由倒影湖一路往西延伸向外的矿工脊，其实就是一条山脊。高山的北坡确实十分陡峭，而它往苏雅特河的方向也好不到哪里去。在急速下降之前，我们沿着山脊还走了大约一点六公里。那段地形，如同那种教堂的斜披屋顶，而我们正走在屋脊上。山脊上，不长一树，两侧从河谷升腾而起的浓雾弥漫四周，几乎盖上了我们的脚背。云雾之上，青天白日，除了高高矗立的冰川峰，旁无他物。十几公里外的冰川峰，银装素裹，一片洁白，向上下四周散发着耀眼的光芒。沿着山脊，长着蓝莓。我们就像没吃过早餐一样摘着蓝莓吃，有些要有两厘米大。布劳尔用他那只塞拉俱乐部的水杯盛着蓝莓，一边说着："我不过是拿走些明年还会生的果实，只有熊才会介意。"

帕克一边摘，一边放进嘴里吃。他的眼光突然往上一抬，随着天上的一只飞鸟移动。他开口道："看！看那只沼泽鹰，这么高，它在这里干什么？"沼泽鹰往左边斜插了一下，突然往上一跃，冲向冰川峰的方向。随着它的身影，一股浓雾由河谷一冲而起，沿着坡面翻动向上，泛着银光，慢慢化入苍穹之中。帕克叹道，那么多人没法亲眼看到冰川峰，真是可惜了——谁都有权来看一看——矿业公司用的那种小路就够了。

布劳尔认为，冰川峰的景色，如果确实有什么意义的话，应该要好好探索才能够真正理解，而最好的探索之路，就是迈开双脚。

"对那些无法行走的人呢？"帕克问。

"窝在家里。百分之九十九点九的人是能走的——只要他们想走。"

"百分之零点一的人里面就有我的妻子。"

不假思索地，布劳尔接口道："我有一个朋友是装假肢的，他叫哈定。一天他对我说，他可不想坐着车去探访像冰川峰这一类的地方。对他而言，只要知道冰川峰还在，就足够了。他希望冰川峰永远存在。"

"以后自有以后的办法，"帕克接口，"我并不是提倡浪费。但我也不愿意委屈了现在的人。照我说，不给他们足够的铜，就是惩罚。布劳尔的意思是不给他们足够的荒原，就是惩罚。是这样吗？"说着，挥手又是一记。

"一点没错，"布劳尔答道，"但是还不完全。我相信荒原对它们自己也有意义，因为我提倡除了人之外，其他万物也有各自的权利。我想，我能接受美国摄影批评家南茜·纽浩的定义：环保就是人类照看自己的将来。那种‘吃光喝光，只管今天，明天死光’的行为是不道德的。”

“这是我见过的最好的蓝莓，”帕克道，“在矿工脊上吃的。”

布劳尔的水杯已经装得满满的了，他在自己尝一尝之前先递给了我们。这是一种令人不解的超乎寻常的姿态，因为四周长满了蓝莓灌木。不过，我们每个人都拿了几颗。

“遗憾的是你们看不到这些山脉的真正好处，”布劳尔说。

“什么好处?”我问。

“蓝莓。”布劳尔答道。

帕克说：“铜矿。”

第二部　小　岛

布劳尔在全国各地不停地向各色人等宣传环保理念，他把这叫做布道。他经常行色匆匆，但又似乎从来未出远门：系上一根领带，穿上一件外套而已。在布劳尔嘴里，这就是他牧师布道的行头。他在大学里布道，进出各类俱乐部，穿梭在不同的会场，甚至有一回还在一个大教堂里布道（他其实已经三十年没进教堂门了）。他演讲的时候总是身子前倾，靠在讲台上，脚跟并拢，双膝微屈，活像在滑雪。可能是以前常常在山地滑雪，他才会不自觉地做出这个动作。

在演讲中，或迟或早，他都会谈到世界的诞生。他让听众把《创世记》中提到的六天理解为一种比喻，实际上指的是至今为止的四十亿年。在这个尺度上，一天等于六亿六千六百万年。换句话说，“星期一的整天到星期二的中午，都集中在让我们存身的这个地球运转起来”。生命的起源大约是在星期二的中午，“无限美妙，活力无穷的大千世界”是在随后的四天里形成的。“在星期六下午四点整，大型爬行动物出现了。五个小时后才出现了美国的红杉树，而大型爬行动物却都不见了踪影。午夜前三分钟是人类出现的时刻。到了午夜前的四分之一秒，耶稣降临了。午夜前四十分之一秒，是工业革命发生的时间。我们周围，充满着那些认为我们在这短短的四十分之一秒中的所作所为能不断延续下去的人，实在是痴人说梦，异想天开。”

布劳尔会举起一张地球的照片——蓝绿相间，缀以白云。“这是从阿波罗上拍的，”他会说，“就是它了。一览无余。通过航天员的眼睛，我们就可以看到我们自己的生命是多么脆弱，而所谓大气层，就是这么薄薄的一片。”

布劳尔还算出了我们现在消耗地球资源的速度相当于一个人在以每小时两百公里的速度开车——并且还在加速。他提醒听众，我们射杀水牛，就是为了取用它们的舌头。我们至今还有牛舌的买卖。“我们被增长迷惑住了，我们无法自拔。在我至今的一生中，人类消耗掉的能源，远超以往所有年代的总和。而技术革命，方兴未艾。他们现在在亚利桑那州开采地下水。棉花业就受到这些水的补贴。为什么要在亚利桑那州种棉花呢？一点都没道理。有人还想把育空河北水南调，引到得克萨斯州。已经有了一个洛杉矶，我们还想把旧金山湾填满再造一个洛杉矶出来。为什么一定要发展到令人厌恶呢？现在还不够讨厌的吗？在新开的小区里，每个人都用红杉木造房子。到 1990 年，爱迪生联合能源的规模要翻两番。那么多电你要用来干什么？美国占世界人口的 6%，却用去了 60%的能源，而 1%的美国人，更是用掉了其中的 60%。每当一个国家拿了比它应得的一份更多的时候，紧张关系随之而来。好多战争都是资源引起的。无限制的扩张会毁了我们。我们想要的是和平稳定的经济。可是，我们偏偏去捕光秘鲁的鱼。该地产出的蛋白质可供世界上贫困国家之需。而我们要那些鱼来干啥呢？喂牛，喂鸡，催肥它们。我们还要横穿中美洲建造一条海平面的运河。太平洋的水温比大西洋的要来得低，水位也高一些。太平洋的水流入大西洋后，很可能就会改变加勒比海地区的气候环境。再有，我们有可能要在亚马孙盆地造一个水库，它将淹没像意大利国土那么大的面积。埃及的阿斯旺大坝阻断了某些营养物质的回流途径，地中海东岸的沙丁鱼养殖场一片死绝。我们人类还有自己的人口问题，可是如果我们把光合作用的自然周期都打断了，大概为此烦恼的必要也没有了。物无美恶，过则为灾。我们到底要搞到多少人口？”

布劳尔的许多同事——他当了十七年执行董事的塞拉俱乐部的同事，以及近年来他的另外两个新团体，地球之友和约翰·缪尔环境研究院的同事——都把他与美国废奴活动家约翰·布朗相提并论。布劳尔已年近六十。但除了那一头乱糟糟的白发，他的笑容仍是那么青春焕发，充满亲和力。他的声调，低沉又充满悲悯，更增强了他语言的力量。他声调平静，甚至带些讽刺口吻谈到人类会如何“拼命争夺最后一片净土”，似乎我们大家都早已计划如此。“北极企鹅体内发现了敌敌畏，”他谈道，“谁把敌敌畏弄到了北极？是我们自己。我们把它播撒在土地中，随后流入水系，再到鱼肚子里，更多的鱼体内有残留，然后就轮到了企鹅。有些污染我们注意到了，更多的没被注意到。我们用了五十七年才知道放射性有害，二十五年才了解敌敌畏的毒性，二十年才重视到甜蜜素的问题。我们慢慢在做。我们不久前才了解到有一种塑料的副产品，复合氯化双苯的物质已经散布到了全球的生态系统。在华盛顿州南部的原子能研究重镇汉福德，具有放射性的核废料密封在铁桶中，每二十五年一换，要密封一千年。最近的一千年来，人类除了成倍增加人口之外，真没做太多好事。在阿拉斯加的布里斯托尔湾，石油泄漏会让当地的红三文鱼无法繁衍。在纽芬兰大浅滩外的石油钻探，引起石油泄漏只是早晚的事。而只要有泄漏，当地渔业将毁于一旦。我们乐此不疲。我们相习成瘾。我们是在对我们的子孙后代实施盗窃罪。我们的经济体系，实在是种老鼠会经济，最初的几个人利润丰厚，而子孙后代将一无所有。我们必须阻止超音速交通。音爆对环境不利。为什么纽约要造第四条喷气机跑道？要不要第五条，第六条，第七条呢？我们必须把贪得无厌的毒瘾去掉。有限的地球支持不了。人身上快速蔓延的那种东西，我们称之为癌。”

说得好听一点，布劳尔身上透着一种福音会布道的宗教热忱。他的做法与美国福音会教士、宗教闻人比利·格拉汉姆博士十分相似。后者常常劝诫罪孽深重的子民走上前来，接受上帝的拯救：你如果扭头而去，在你走到门口之前，冠状动脉血栓大概就要把你放倒了。像格拉汉姆博士一样，布劳尔发起的圣战运动好几年前就开始了。布劳尔的效率似乎更高。目前，各种各样有关环境和环保问题的种种思潮，众说纷纭，其实就是布劳尔和其他几位人士几十年来不停宣讲的观点的回声而已——只不过放大了好多倍。布劳尔能预见未来。他真是想拯救这个世界。他一直是死板的理性世界里的情感鼓动高手。他认为，环保运动应该是“不管从事什么营生，都是我们时时处处的道德和思想的指针”——简而言之，是一种宗教。如果说宗教的出现是为了帮助人类应对面临的严峻困境，有些时候它实在来得太晚了，这一次大概又是如此。在拯救清新的空气和峡谷，保卫荒原和控制人口增长的斗争中，布劳尔是显而易见的心急如焚。他义无反顾，有进无退。他的理论，所谓世间万物各个相连牵一发而动全身，而目前这种关系极不顺畅，实在是无所不包，也让人难以理解。因此就有需要建立一种宗教，也需要有一位登高望远的领袖人物。布劳尔曾经对我说过：“我们大概可以算作一种宗教吧，一种关乎土地的道德观念。我想，与这种宗教最接近的要算是佛教了。”我也常常听到他有关“招人入教”，以及一眼能看出某人已经是教友的说法；我记得有一次在内华达塞拉山脉的山路上他谈道：“我们可以从其他宗教中得到提示，除了埋头苦干之外，还有其他更好的途径。”

在布道中，布劳尔不时会引用些名人箴言——美国博物学家约翰·缪尔（“当我们把任何一样物件单个挑出来时，我们总是能发现它和世间万物有着联系”），美国废奴主义作家亨利·梭罗（“地之不存，有屋何益?”），系统理论学家巴克敏斯特·福勒（“技术一定要事半功倍”），以及流行滑稽连续剧主角博哥的名言（“我们见过仇敌。他就是我们自己”)。事实上，这种布道本身就充满着学界和思想界诸多闻人的警句：“人的最终尊严来自挑战小概率的可能性”(纳齐奥·西隆，意大利作者)。“文明，只是人之所以为人的本质之外的一层薄膜”(西格德·奥尔森，美国环保作者)，“绝望是罪”(查尔斯·斯诺爵士，英国化学家，作家)，“除非文明能拆除人口炸弹，无论什么方法都将徒劳无益” (保罗·埃尔利希，德籍犹太科学家、医生)，“荒原能解答人类还不懂去问的问题”(南茜·纽浩，美国摄影批评家)。

布劳尔有很多自己的想法。他说过：“地球上大约90%的地方都被人拨弄过一番了，有时雷霆万钧，有时阳光雨露。现在到了说声‘够了’的时候了。我们应该求助于已在使用中的90%，而不是去触碰留存下来的10%。我们应该回头看看身后，要做得更好，要用新方法来做。这就是再生，就是自循环系统。”有时他在纽约市中心看到地上有一个巨坑，他会说：“这没关系，这只是90%的一部分。”在非荒原的地区中，能使布劳尔开怀一笑的，莫过于看到那些90%的部分被充满想象力地改造利用——就比如旧金山的哥罗多利广场，从原先的一家巧克力厂变身为一个拥有多家特色商店和饭馆的别致的高档商业中心。每当有人表示个人又能做些什么时，他总会先提到美国海洋生物学家、环保作者蕾切尔·卡森女士。然后他还会介绍旧金山湾区前法官、环保活动家戴维·贝索纳如何以一人之力阻止了一项原子能发电站计划的实施。随后，布劳尔自己也会连珠炮似的发问：“如果我们只在平原放牧，而不再去侵蚀我们山地，你，愿不愿意在买牛肉时稍微多花点钱呢？如果我们不用污染空气和水源的方式发电，你，愿不愿意在付电费时稍微多花点钱呢？”接着，他会训诫那些围在一起的上帝的罪人：“你们这些不可救药的刁民，苹果里面有一条小虫都不行。吃一口会死人吗?！它远没有杀虫剂来得毒。你们这些不可救药的刁民，还在买汽车。把那些怪物留在展厅里！”当然，少不了他会喊几句他最得意的口号：“没有买卖，就没有伤害！”

从某种角度来说，布劳尔对自己投身的事业并非满怀信心。“环保要赢，赢，赢，不停地赢。别无出路，”他这样解释，“敌方只要赢一次就能使我们前功尽弃。我们并非为了私利。我们不可能取得最终的胜利。我们能做的就是推迟刑期的执行。这是我们的希望所系。一座水坝现在不造了，可坝址还在，相较起来，阻挡一件事还是容易的，最难的是推动荒原法案，红杉国家公园法案，喀斯喀特地貌公园法案，等等。”

布劳尔似乎从来想不到他也是一个普通人，与其他人一样，命中注定要利用地球上的资源，要污染空气，要增加人口密度。他在演讲中总是会透露他有四个孩子，住在一幢红杉木造的房子里。每当此时，他的布道就会带有一种忏悔的气氛。“我们都会犯错。”他会为自己这样辩解。对他自己犯的种种错误，布劳尔并不怎么上心，因为他知道他能辨别对错。有一次他去耶鲁大学演讲完之后，我问他从哪里得到那些乱七八糟的统计数字，什么6%的人口消耗了世界上60%的能源，而6%中的1%又用掉了6%的60%。哪一类资源？

纸巾？梅萨比岭区？

布劳尔承认，这是他的一位朋友“用想得起来数字”拍脑袋算出来的。

“想得起来数字!?”

“不错，”布劳尔很坦率，并安慰我说数字本身不过就是些指标而已。要紧的是听上去有道理。布劳尔有这种本能。他对教育一直持怀疑态度，对专家的意见更是嗤之以鼻。对专业训练本身，他也不怎么认可。他有那种本能，透过知识去探寻人的本质。他的自我感觉超常良好。我曾经听到他提到：“想一想活着的时候取得的成就，不由得对生命充满敬畏。”他从来也不气馁。有时在报纸上看到一篇宣传环保的文章，他会说：“写得好。观点十分中肯明确。”

布劳尔是环保活动家，但他本人并不守旧。我听过他曾经这样问别人：“你就那么喜欢这个世界，要把它原封不动的保留下来?”——奇怪的是这种问题竟然出于布劳尔之口。不过他的问题是关于人类世界的。自然世界是另外一回事。布劳尔不喜欢华盛顿大桥。不喜欢金门大桥。他到现在还记得大桥还没造的时候，进入旧金山湾区时的景致，哪里是今天所能比得上的。他希望美国的人口可以降到一亿左右。他说，从土地使用的角度来看，美国从 1830 年以后就不像样了。有些环保分子（至少有这么几个）比布劳尔的嗓门更高，可远赶不上他的名气大，也没有他克敌制胜的业绩——水坝被他叫停了，荒原被他保住了。在世界范围内，他可说是最不妥协的斗士。总统环境事务顾问小组主席拉塞尔·特雷恩曾经评论："感谢上帝给我们送来了布劳尔。他让我们很容易就显得公道理性。总要有人来走点极端。布劳尔有时会有点语不惊人死不休的样子，但总要有人在前面蹚开道路。"

查尔斯·弗雷泽是一位地产开发商。他的小办公室坐落在南卡罗来纳州的希尔顿滩头岛上，在鳄鱼塘和一片未开发的深林之间。这些鳄鱼有时会在林地和水塘之间游荡。鳄鱼原本就是岛上的，弗雷泽却不是。1957 年，弗雷泽开始在岛上平整二十平方公里的土地来建住宅区。在开通道路和建造高尔夫球场时，这些鳄鱼的干扰使他十分忧心。所以他就用大块的牛肉来引诱这些动物接受在岛上大兴土木的现实。鳄鱼吞下了口中的肉块。它们现在生活在散布于他的观潮林小区的土坑和水塘中。在他办公室的墙上挂有一张他自己的照片，穿着白色的西装，戴着一顶巴拿马草帽，牵着一条鳄鱼散步。高尔夫球场上的标牌写着"不要触摸鳄鱼"。弗雷泽对原先岛上的秃鹰也如法炮制，但秃鹰理都没理，飞离了此地。

弗雷泽身材不高，但十分强壮。他前额突出，深棕色的卷发一缕缕翘在后脑勺上。我们第一次见面时，他正站在他的观潮林人工码头的浮台上，穿着白色的裤子和网球鞋，蓝条的休闲衬衫，手上拿着葡萄牙玫瑰酒慢慢地品尝。这身打扮，知道他的人大概也认不出他。因为虽然弗雷泽建造了全美国最奢华的度假胜地，他本人却不属于这一类。他不大喝酒，玩得就更少。休闲是他的生意，而生意才是他的休闲。总是穿着深色的便装。当他谈论到重要的事情时，总是坐得笔挺，下巴内收。事情越是重要，他坐得就越直。他谈论的事情，都是“市场接受度因素”，以及什么“公共投资比合资资本上市前景更佳”。他谈话的内容主要就是钱——是否流动，是否冻结，井喷，来源，它的收割方式。他说起话来语速十分缓慢，发音清晰，语气充满威严，似乎在口述一份合同。

弗雷泽第一次踏上希尔顿滩头岛时，它还是一片荒野，海潮的环抱中，沙滩围绕；美洲蒲葵、野生橡树和各类棕榈漫天盖地；紫藤丛上，白鹭栖息；沼泽暗处是响尾蛇和棉口蛇的天下。眼前的情形让他大为吃惊。弗雷泽是个有洞察力的人。他看到的并不是响尾蛇，而是又一个乱糟糟的康尼岛将从这自然的湿地中拔地而起。在他的眼中，出现的是一幅他称之为“视觉污染”的景色。他见过默特尔海滩，阿斯伯里公园，摩天大楼，亚特兰大市。这种毫无章法的地方他见得多了。整个大西洋沿岸各州三千多公里的海岸，乱糟糟，闹哄哄，从天上看下来整个就是粘满苍蝇的捕蝇纸。那些苍蝇们也错过了少数几个地方——黑须岛，恐怖角，希尔顿滩头——使得世界闻名的三千里礁石海滩总算留下几处清净之地，让人还能看上一眼。弗雷泽当时还不过二十一岁。他深知希尔顿滩头岛某种程度的开发是不可避免的，不过，并不一定要搞成另一个默特尔海滩，并不一定要与自然搞得格格不入。他来到了耶鲁法学院。他最感兴趣的科目是麦克·道格尔教授的“土地使用规划及按私人契约分配”。道格尔教授在该科目中所教授的要义就是，土地的使用一定要有规划。无规划的开发实质上就是某种破坏的形式。在希尔顿滩头岛上按自己的审美眼光创建一个度假胜地并把它牢牢地掌握在手中的欲望，伴随着他度过了在纽黑文耶鲁法学院上学的那几年。他也确实能这么想：因为他的家庭拥有该岛的大部分。

他的父亲约瑟夫是一位中将。在没有战争的年代里，他是佐治亚州海恩斯维尔市的木材大亨。看好岛上的木材和极佳的发展前景，他和几位拍档买下了这个岛。每当夏季，弗雷泽就在伐木队里干活，他成功地保留了沿岸的原始松林。他还沿着海岸线从弗吉尼亚一路开到迈阿密，找那些参与当时沿岸建筑的开发商。从游乐场到小酒馆，来来回回找到他们，问同一个问题：“如果有机会从头再来，你会改动哪些方面?”他们告诉他，当时实在是短视得可以，在沿岸造上一排房子，在房后再开上一条路。这不仅带来了安全的隐患，还大大降低了海滨路内侧的地价。他们告诉他，大屋子的业主总会想办法把房子变成出租屋业。他们告诉他，除非硬性规定，口头说说的最终都是白搭。弗雷泽按期阅读所有的建筑期刊。他到国家档案馆查找 1860 年代以来的土地勘测报告，他想把他的地盘开发成具有历史传统的项目。他访问那些曾经的棉田、战时的城堡，以及早已面目全非的塔拉城。1956 年，两手空空，又没开发经验的弗雷泽搬上希尔顿滩头岛定居。在那里，他指指戳戳地比划着只有他自己才看得懂的图像。当地人都把他看成是个怪人。他对母亲说了心里话：“我不知道能不能赚钱，但我想创造美丽。”母亲告诉他这样会浪费时间以及他在法律上的才智。现在她自然也改了口风：“当然啦，不是每个人都有机会把一片荒原改造成有用之地。我这个孩子有美感和鉴赏力。他一眼能看到这里的潜力。我想，他如果不做这些，大概会成为一个画家。”

观潮林格调统一，一看就是出自一个人的手笔。满眼是翠绿淡棕和浅灰色调。穿行在松椆之间的车道，逶迤曲折，绕过一棵棵大树，所有的站牌都是绿色的。私宅的信箱都是绿色的。消防接水口也都是绿色的。至今，已有五百五十幢房子，由五百五十户人家分别建造，可是大多数的屋子都选择了雪松为顶柏木为墙，目的是与周围的环境完全融为一体。远看，似乎只是在林中漫游的鹿群的色斑。有些屋子建造在远离大路的密林中，其他的造在沿着主道枝杈而外、通向海滩的小路旁。这些主干道都造在海岛的中部。在海岛上，没有一家会感到去海滩不方便。弗雷泽在他的主干道与海滩之间预留了十几块十五米宽的公共草坪，人行道穿行其间。海滩和岸边沙坡，都被保留了下来，无一建筑。为了救下一棵还活着的橡树，弗雷泽在造一条港口挡水坝时，多花了五万块把它挖掘出来移栽别处。有些树木挤迫着道路——有几处还相当危险——但除非有两辆车撞到同一颗树上，弗雷泽是不会把它移走的。海岛上有一片被他定名为野生物种保护及森林休闲区，他用法律形式规定自己必须要留下至少

25%的原始树林。有些买家会问起岛上的蛇，弗雷泽会转而用和蔼的语调说："蛇？下午想办法给你找两条看看。"而岛上的蛇类也最终搞清了形势，不大出来了。鳄鱼一达到两米，就会被裹住送去动物园。弗雷泽雇用了一队私人纠警，他们主要的工作就是保护鳄鱼和鹿群不被偷猎。鳄鱼皮可是要值一百美金一张。弗雷泽原先有一棵古树是狐尾松，长满了青苔。当他了解到青苔吸足雨水后会变得十分沉重，可能压断树枝，他甚至派了一队理发师到树林中去为树木修剪挂在树干上的青苔。

航空照片上可以看出观潮林还是有很多住房，相互间靠得也很近。可是到了平地上——即便是在高密住宅区——看上去就像在森林里清出一小块平地来造上几幢住宅，透过树林仅可看到几家邻居，其他什么都看不到。本地人大多数都喜欢用大量的砖木来造超大的屋子，门前还非得竖起一长排立柱，似乎非如此就不能衬托自己的地位。就在这样一个地区，弗雷泽成功了。他成功了——虽然偶尔也会遇到买家、银行甚至内部人员的反对——每份合同后要附上近四十页的限制条件，可不是件容易的事。这是对权利和自由法案反其道而行之（这可是真的硬性规定），是摩西十诫的十倍——能接受的留下，不接受的大路朝天。第一条限制条件提纲挈领，开门见山：任何建房设计弗雷泽可以以任何理由予以否决。在开发的初期，弗雷泽还在希望中探索，远没到开始赚真金白银之时（并且他完全理解南卡罗来纳州半数以上的银行都吃准他马上就要破产了），他就开始毫不退缩地推行这些条件，毫不犹豫地拒绝了一位纺织业巨头的建房设计。如果这位巨头不愿退让，那弗雷泽就得把地再买回来。还有一位狂妄的屋主把他的房子涂成了黄色——这可是观潮林绝无仅有的事件，还是弗雷泽，最终让他漆成了与周围环境融为一体的颜色。

驾着一辆开着空调的绿色道奇，弗雷泽慢慢驶过观潮林。一个正在打开绿色信箱的男人朝他挥了挥手。信箱上标着亨利·西哲。弗雷泽放下了车窗，驶过他身边时打了声招呼："你好！亨利。"车窗关上了。"我是这儿的非正式的市长，所以我得有被选任市长的做派。"他解释道，"我们在沟通上有充分的民主，在决定过程中是完全的独裁。本公司的合同及附件就是这个社区的宪法和法规。实现美学控制的唯一途径就是靠所有权。在这里，我们比城市规划局的权力更大。我把决定权集中了起来，当然，我会倾听意见。"令人惊异的并不是他在听谁的，而是谁在听他的。他的车慢慢驶过美国最有权势的一组信箱。通讯卫星公司的考麦克，自由生活保险公司的赫普，纽约州立酒业的泰勒，空军上将特宁，床垫大王西蒙斯，纺织巨头克劳斯。弗雷泽把这个区域叫做"高端度假目的地"，事实上，它确实成为各色人等的目的地——不仅仅是战场上的英雄和商场上的大亨，也有领取微薄津贴的退休者、各种收入的高尔夫运动爱好者，还有些残障人士、各类网球运动员、几个画家、作者，以及一些北边来的富裕的寡妇，带着她们过世的丈夫来到此地，把丈夫埋入弗雷泽经营的墓地后，就在林地中建屋自住。所有这些人的交集点就是弗雷泽。他是这儿的神祇。他不仅是市长和城市规划局局长，他就是活着的那个存放着上帝与人类约定的柜子。他就是把他们画上整幅画布上的某个点并把它卖给他们的画家。有几户只在屋子上花了二十五万到三十万，大多数都花了四十万到五十万之间。弗雷泽还造了些分契连体房，刚开始时只卖一万九美元一单元，现在早已升到三万八了。他造起了一个有各类商店的小镇，还造了公寓楼，每月出租能收个两百五十到三百来元。他估计着树林里还能容纳一千五百户，还能造一个高尔夫球场。

全美按揭论坛主席最近在介绍弗雷泽时称他为“美国两位顶级开发商之一”，却根本不提另一位的姓名。约翰逊总统任命他为户外休闲及自然景色公民咨询委员会的成员。弗雷泽还是南卡罗来纳沿海地区公园、休闲及旅游事务委员会主任。才刚刚四十一岁，他已在十年里赚下了两千万美金。不过，无论是他的朋友还是他的对头，都一直认为，个人获利并不是他的主要动力。他的推动力似乎来自成就感本身。为了美感和证明本身的鉴赏力，开发了观潮林，这可能就是一个带有树碑立传意味的项目。

弗雷泽自认为是真正的环境保护主义者。他有时会进一步谈到许多自称环保分子，其实是在提倡环境保存的家伙，他更乐意把他们叫做“德鲁伊祭司”。“在古代，德鲁伊祭司会在高大的橡树下将活人作为牺牲来作法；现代的德鲁伊祭司们对各类树木也是礼拜有加，为了它们，可以牺牲人类的福祉。他们是想把自己喜爱的一切都保留下来，这实质上还是为了他们的一己私利。”他也意识到大环境的重要性。他打算成立一所海洋学学院——“你知道的，就是那种海沟、生态等等一大堆。”他阅读环保基金会每期的时事简报。他了解盐沼在整个海洋生态中的关键作用。“盐沼是海洋生物的重要取食区，”他这样说，“与希尔顿滩头岛直接连接的滩涂部分，潮汐浸漫区，我们留下了大约75%的面积，用来平衡休闲之需和德鲁伊祭司们的要求。要生活在海边，我们就必须要利用一部分滩涂。数年前，在盐沼地上搞开发会得到普遍的认可。今天不同了，社会富裕了，我们能让这部分地放荒。只要有人来碰一碰盐沼地，那帮祭司就会情绪激动，说是破坏了生态链，你还得赔着笑脸。可是你不能说海产是美国目前最重要的议题。祭司们认为我不过是个加引号的开发商，不屑一顾，真让我咽不下这口气。”

纽约的哈蒙德地图社里一定有一位了不起的德鲁伊祭司，因为在地图社最近出版的一张大地图上，发生了一件除了特意遗漏之外不可能有其他解释的事。这是地图社的一张宽一点二米的超级美国地图，上面就是找不到美国大西洋沿岸最长的一段未开发的海滩，也是一座大岛屿的东向岸线。该岛踪影全无，而许多面积要小的岛屿却历历在目：奥克雷科克岛、哈特拉斯岛、阿萨提格岛、长滩、曼哈顿，等等。遭遗漏的岛屿的名字叫坎伯兰岛。该岛在佐治亚州的海岸对面。它是佐治亚州最大的，也是最南端的海岛。在地图上，应该是坎伯兰岛所在的位置，大西洋一片蔚蓝，除了海水还是海水。而该州的其他海岛，如圣西蒙岛、莎贝罗岛、奥沙堡等，都一一由粗线绘出标明。不用怀疑，这是一位祭司绘图师的手笔。

比曼哈顿还大三分之一的坎伯兰岛，共有居民十一人。沙滩宽约百米，松软的细沙，抚之如晶。站在沙滩上向另一端眺望，白沙如席，一展无际：即便长度还不到三十五公里，即便是异常平整，地球本身的弧度使我们还是看不到沙滩的另一端。棕色和灰色的野马在沙滩上往来奔驰，明显十分喜爱带有咸味的湿润海风。时不时会有些偷猎团伙来围上一群，然后十五块钱一匹卖给马术竞技表演队。野猪对坎伯兰海滩似乎也情有独钟。在那里，人才是稀有物种，偶尔一见。海浪推涌，形成新的外沙丘，静静地站立在沙滩的后面。沙丘身后是大片的沼泽地，有些积着水，有些随潮汐而盈涸。沼泽地里，还有岛上其他水塘湖泊中，有时有鳄鱼出没，有些身长四米多。岛上的居民不愿说出哪儿有鳄鱼，他们对这些体格巨大的爬行动物还是相当照顾的。一些冲锋队打扮的偷猎者会在晚上来捕猎，杀死这些鳄鱼，剥皮而去。沼泽滩涂再往里，就是那些陈年的内沙丘，笔直高耸，表面像滑石般平滑，其身型，恰如涌来的海浪，前锋壁立。有些青色的小草，试着在上面扎根。而在它们的背后，才是成片的橡树林。橡树迎风的一面，早已被如刀的海风，修整得枝条内卷片叶不留，一如旧式老屋的花园。橡树林中，间或也可见到湿地松和雪松的身影——都是些抗盐碱的树种。树林中有着时隐时现践踏而成的小沙径，偷猎者沿着这些小径来捕捉白尾鹿。在杰克逊维尔的宾馆里，这些鹿能卖到三十五块一头。林中还有成千上万的野猪在乱窜，有时也能在路上见到走散了的小猪仔。

坎伯兰岛的西岸由礁石岩壁围绕。不时就能看到形状各异的土堆——那是从未受到扰动的印第安土著的墓穴。站上岩壁远望大陆，夕阳西下，宽达八公里的盐沼地一片金黄。正是这段与大陆间的距离，是世界已经发展到了今天的程度而坎伯兰岛仍能保持其原始状态的原因之一。没桥。盐沼地在切萨皮克市以南这一片是最宽一段。沼泽地长满了高及一人的绳草。潮水越深，绳草越高，而佐治亚州沿海的潮汐可高达两米。这些沼泽，比艾奥瓦州最为高产的农田还要肥沃十倍。绳草的根系深深扎入泥沼中汲取营养。而当绳草枯萎，委身于地，又为小海虾提供了高蛋白的有机残渣，后者生命中的大部分时间都在浅滩上吞食这些绳草残渣。沼泽中，遍地都是充满磷氮钾微生物的浆液。那儿也有好多好多牡蛎。游鱼在沼泽中觅食，潮汐也将大量的食物冲入海水，吸引着更多的鱼类。如果可以把一大块沼泽提到空中抖上几抖，那么大量的鱼虾将应声而下：凤尾鱼，小螃蟹，鲱鱼，黄鱼，鳊鱼，比目鱼，舌鳎，鱿鱼，等等等等。大鱼吃小鱼，小鱼吃海藻，就这样，海岸沼泽成为了金字塔形食物链最为宽广的基础，最终为人类提供餐桌上的美食。

潮汐河遍布全岛。退潮时，紧贴着溪流的河床是层层叠叠的牡蛎。浑身泛着磷光在水中乱窜的小虾在牡蛎的间隙中啄食。怪不得印第安人都想埋在这里。唯一的疑问就是今天的状况是否与当年印第安人造墓时的情况一样。虽然这里确实有几处原生的松林及原始橡树，但就整体而言这个岛是再造的荒原。这里曾经有过一垄垄的甘橘树和橄榄树、大片的稻田、槐蓝以及棉花地。南北战争时期，这些海岛都被放弃了。战后，有钱的北方佬为了夺取这些海岛争得你死我活，最终，大部分的坎伯兰岛都落入了卡耐基家族手中——并为安德鲁的弟弟托马斯所购得。随着他家庭的日渐扩大，在岛上建造了好几幢巨大的房子。到了今天，只有两三幢的情况还算可以。其他的早已破败不堪，静静矗立着，任人凭吊往日贵族生活的奢靡。正是这些受海风长年侵蚀、斑驳陆离的建筑，坎伯兰岛受到世界各国游客的青睐。卡耐基家族至今已是第三、第四和第五代了，子子孙孙那么多，不久前还上了法庭将海岛分割派定。环保组织注意到不是所有的后代都有实力继续保有其海岛的份额，想方设法让这个海岛不再开发。他们谈及坎伯兰时——用布劳尔在塞拉俱乐部的同事的话来说——“一直在我们的关注之中。这是我们的追求，不知能否梦想成真。”其后，在 1968 年 10 月，以一百五十万美金的代价，卡耐基家族的三位后人，将岛上十二平方公里的土地卖给了弗雷泽。

有一种还是在种植稻米和槐蓝的年代就有的流行说法，又开始在邻里之间口耳相传：“魔鬼用他的尾巴把坎伯兰岛围了起来。”

在弗雷泽口中，“在坎伯兰岛上买了几块地”的事，变成了近年来有关土地使用最大的斗争之一。其他卡耐基家族的后人，携起手来，一致对外。东岸城市中，事实上，整个南部——特别是亚特兰大、奥古斯塔市、哥伦比亚市和雅申市（佐治亚州立大学所在地），无处不在谈论弗雷泽。

“他闯进大洋岛的修道院宣告：‘我就是黄金岛的黄金男，刚买下坎伯兰岛十二平方公里的土地。’”

“真想杀了这个婊子娘养的。”

“他是个目光远大的青年，他把环保和赚钱结合了起来。”

“不对。查理是个真正的环境保护主义者，他要做的就是把现代环境和自然天赋和谐地统一起来。”

“环保环保，环保对查理而言就是不要被蚊子叮到。”

“他以为自己是个本地人，在佐治亚州能一手遮天。好啦，马上就会知道怎么对付他那些娘炮高尔夫球友了。”

“查理只对权力感兴趣。这才是他真正的前进动力。大家都在说他要从政了。”

“当上南卡罗来纳州州长他就会心满意足了，他是个不错的州长。”

“他干不了的。政治圈里好多东西你控制不了。他到哪儿都要绝对控制。”

“我赞成生态平衡。这可不单单是一座岛的事。岛，沼泽，还有海洋。如果沼泽地能保留下来，生态角度来讲也没什么大不了的损失。如果一定得找个人来开发，弗雷泽就是最合适的了。无计划的开发等于破坏。”

“不相信他会把自己真实的想法说出来。”

“他是个魔鬼。他根本没有原则可言。”

“他是个内心空虚的家伙，嘴上天花乱坠，想活生生吹出一个他自己都不认识的弗雷泽出来。”

“弗雷泽说他会让大家都用得上这些海岛。放屁。他的意思是从旧的有钱佬手中拿过来，给新的有钱佬。直说就可以了。五万元投资可不是每个人都付得起的。”

“他同其他开发商不一样。希尔顿滩头岛的那些水泥海堤他可花了七十五万！铁的只要二十万就够了。”

“铁海堤难看得要死。”

“弗雷泽先生确实照顾到环境。大学那边希望坎伯兰岛的大部分可以成为某种国家海岸公园，那大家可以来走走。全部荒野可不行。我们认为这该是个综合体——一种自然的综合体。”

“这家伙一把就从岛上撕下那么大一块，它又不是邮票，任你撕任你扯。他的行为活像个枪手放倒一头水牛。谁要是想在佐治亚州沿岸搞什么水牛法案，我们就和他干到底。”

“他只有一些半生不熟、人云亦云的概念。他的想法很小家子气。我看查理这小子根本拿不出什么真正令人兴奋的东西。当今时代要求更高，两根破杆几个白球也想来唬人。”

“殖民时代的跑马圈地可行不通了。我们可以在坎伯兰岛上树立一个美国如何综合利用休闲地带的榜样。让我们都有点想象力。弗雷泽的计划还不够宏大。高尔夫球场那部分放到大陆上来。在大陆沿海规划三个社区，坎伯兰岛是他们的公共地带。”

“岸区是一点一点认识的。河口、滩涂、潮汐河、海岛、大陆架、大陆坡，其实是一个不可分割的整体。60年代，我们有种族融合。70年代，我们要来人地融合。不然的话，80年代我们都玩完。”

11月的某日，气候干寒，日光融融。一架小型的飞机正在下降。它沿着坎伯兰岛的西岸往南，再左拐，掠过海岛，飞向外海。布劳尔和弗雷泽并肩坐在驾驶员身后。飞机转了个弯，一边下降一边飞过水面，飞过被海风修剪成片的橡树林，飞临一块空地。地面坑坑洼洼，飞机像在发连珠炮一样抖个不停。一个穿着卡其布长裤和野猪皮外套的男子等候在树林旁。飞机在土跑道的最远端转了个弯，穿过齐腰高的野草丛停到了他的跟前。

弗雷泽和布劳尔昨天傍晚才在希尔顿滩头见面。弗雷泽，以其一贯的直截了当的作风，一边递给布劳尔一杯纯马丁尼酒，一边告诉他自己对环保分子的看法。他说：“我把那些把树看得比人还要重要的人叫做德鲁伊祭司。环境保护人士大多是环境保存人士。环境保存人士就是这种祭司。我考虑土地使用时首先想到的是人。在希尔顿滩头岛我们已经证明了，无论是怎样的自然地界，你都能在保存它原始美景的同时供人之用。”布劳尔专注地听着，没说什么。他没想到他是这么年轻，充满活力，这给他留下了非常好的印象。对观潮林地区的印象也是如此。而对弗雷泽而言，布劳尔根本不是满身是刺的那种人，这使他也多少有点吃惊。他想象他会是个浑身冒火的人。可是站在面前的却是一位看起来“远非口若悬河，安静祥和，甚至有些腼腆”的人。

现在已到了坎伯兰岛上，飞行员停了翼桨，弗雷泽和布劳尔抬脚走出机舱，四周一片寂静。弗雷泽上身套着一件打猎背心，下面穿着带帆布护膝的条纹裤。布劳尔穿了件旧运动衫，灰长裤，脚上是白色的球鞋。穿野猪皮外套的男人的名字叫坎德勒。三人互相握了握手。布劳尔说了句“很高兴到岛上来”之类的话。又谈了一会儿天气。互相都非常友善。

坎德勒刚到三十八岁。他一直住在岛上。他就是吃着岛上的牡蛎和海虾长大的。他的孩子现在吃着同样的东西。他知道哪儿有鳄鱼，他还有一大箱响尾蛇的摇铃，这是他用朴树枝打死蛇后割下的。那树枝上一道道的刻痕就是打死响尾蛇的数字。坎德勒还想打上一条，这样就可以比得上弗雷泽了。坎德勒身上透着一种自然的高贵气质，不过，他也不会让身上的阴暗面在今后的邻居面前表现出来。坎德勒说话时比布劳尔声调更为柔和，带着浓浓的大西洋沿岸的口音。他身材不高，体型消瘦，乌黑的头发。他和家中的另外几位亲戚共同握有卡耐基家族托马斯当年没能购得的那部分土地。在岛北端的坎德勒家族的物产大约有九平方公里，有一家木结构的客栈（坎德勒现在的家），生意在世纪初曾一度十分兴隆。可惜随着去其他岛上的航线一条条开辟出来，生意一落千丈。坎德勒的曾祖父就是那个调制了可口可乐配方并独自拥有该公司的药剂师；他的儿子，坎德勒的父亲在1928年买下了坎伯兰岛上的产业。

飞行员向各人道了别。飞机抖抖索索地滑到位置，起飞远去。

“这儿有个机场是关键，”弗雷泽开口道。

“可没人愿意跟它做邻居，”布劳尔告诉他。

“不错。我们在这儿只会造一个刚够起降小型私人喷气机的，不会更大了，”弗雷泽解释，“我们先去看看坎伯兰的橡林苑。”

橡林苑是弗雷泽给他在坎伯兰岛上开发项目起的名字。要去工地，他们要走大约十五公里的土路。弗雷泽驾着公司的路虎四驱前去。阳光透过头顶的橡树枝撒在土路上，斑驳陆离。我们停在一棵橡树旁。布劳尔围着它走了一圈。橡树的枝干伸出那么远，自身的重量把它们压到了地上，从那里，再爆出新枝，一片翠绿。一丛丛丝兰植物要长到六米多高。布劳尔估计树冠遮阴面积要有一百四十平方米。

我们继续上路。笔直的土路，延伸到目光不及之处。“好个大岛屿，”弗雷泽说道，“它能容纳起码十种以上的开发用途。只要小心处理，多用途完全可能。你可能根本想不到能有什么用途——好个大岛。”布劳尔一言不发。“这次上岛来我可是形象全毁了。我又要弄得那么多祭司不高兴了。”

布劳尔笑了笑，还是一言没发。路虎四驱以六十五公里的时速在土路上飞奔，有时会在过木桥时在木档上磕几下。最终，又是弗雷泽开了口，语带幽默，调带自嘲："好了，到我的地界了。很漂亮吧？"布劳尔神情真诚地谈论起这里真是够漂亮的，蒲葵，橡树，针松，翠绿相映，随风摇曳。对弗雷泽来说，目前当然还是一个开始，远未完成。但在他脑中，他已能看见成片的新居和通衢大道。他对自己的规划，对当地的地形，早已烂熟于心。弗雷泽离开土路，在林中绕行。时而沿日后的社区道路前行，时而转过今后要建的弯道。带着长刺的蒲葵叶，向刷子一样刮着路虎的车身，针松的树枝弹敲着挡风玻璃，发出炸裂的声音，车上的人都不由自主地闭上眼睛，抬手护头。有一两头公鹿从呼啸而来的汽车前一跃而去。在马达的轰鸣声中，坎德勒提高嗓门告诉大家，岛上到处都是鹿，多看就习惯了。"食品的种类多了，野生物种也会多起来，"弗雷泽加大油门的同时，一边评论，"就像观潮林这类地盘一样，野生动物的种类比完全无人的深林还要丰富——候鸟也多，定居的也多。"

弗雷泽产业的西缘一片陡壁，面临坎伯兰河。河流是分割开海岛和沼泽的潮汐澙湖形成的。临壁面西，俯瞰澙湖和远处的大陆，弗雷泽明确说道："这里要造水滑梯。小孩可以从陡壁上滑到澙湖里玩。"

"在这些西洋杉上做些秋千也不错，"布劳尔出了个主意。

弗雷泽指出，有些杉树还是 18 世纪初在这里修筑木寨并驻兵守卫的苏格兰人种的。对橡林苑而言，开发建筑并不是什么了不起的新鲜事。面对着沼泽和对面的大陆，弗雷泽谈了他内心的计划：投资七十五万在这里建造一个塔索系统，用架空缆车把橡林苑和大陆连起来。“对面的林地是布朗维克纸浆纸品公司的产业，我想，可以跟他们‘交朋友’。”

那些红松上挂下的野葡萄藤少说也有缆绳那么粗。开车慢慢东行，布劳尔手痒难禁。车停了下来。布劳尔下车弹了一根试试——他拉弯了一根十五米的松枝，葡萄藤呼啸飞出，把远处高高的蒲葵打得粉碎。

在沙滩和密林中间靠着内沙丘的一带，橡林苑有一片淡水湖——惠特尼湖。淡蓝清洌，涟漪微风，使弗雷泽物产的质量要高于邻居们的。当天，在周围一丘丘纯白细沙的衬托之下，那一湖淡淡的纯蓝，灵气通透，把万里无云的蓝天也比了下去。在湖泊的北端，沙丘中戳出三棵枯树，枝杈全在，一叶不剩：早已枯死了。树上停着几只秃鹰。树死了，是因为沙丘在移动。这些巨大的沙丘，在风力的作用下，变幻着身形，步步南移。惠特尼湖的一半已经被填满了，而另一半，正在被慢慢侵蚀。五只秃鹰呆呆地站在树上。弗雷泽看着湖水，脸上毫不掩饰地透着业主看着自己资产流失的那种感情。“沙丘，一定要止住才行。”

眼前的美景，又拨动了布劳尔心中的诗意。对自然力造成的破坏他的态度是听之任之。“随它去不是很好吗?”

弗雷泽：“我想，如果要在此地重建沙草植被之间的平衡，那就必须把湖泊恢复到过去的面积。我认为湖泊很重要。”

“开发有其价值，自然也有其价值，”坎德勒插嘴道。

我问弗雷泽：“你用什么来止住沙丘？”

“无非是那些刀叉汤匙——土方设备而已。对付自然侵蚀，推土机最好使，又便宜。”

弗雷泽继续解释这个湖是纪念惠特尼先生的。当年，那些农场主给了惠特尼经济上的支持，让他安心开发轧棉机。“这个湖绝不能消失，”弗雷泽说道，“上面要放些木船让孩子们玩。他们应该在这里钓银鲈。可是，现在除了沙丘枯树和秃鹰，什么也没有。”

心里想着他反正有着岛屿上十二平方公里的土地，我问他个人想在湖边造些什么。

“住房！”他轻声答道。

最北端的海岸是一条长长的探入水中的沙滩，由坎德勒拥有。我们开车往那儿去。我们一到，惊起一片矶鹞海鸥，懒洋洋地在上空盘旋。然后，我们在夕阳中，沿着沙滩，一路往南而行。阳光照射下的白沙，一望无际，了无人迹，浮动着银色的反光。还留在坎伯兰岛上的几幢房子，离沙滩最近的，也在约一公里开外的树林中。我们开了一会儿，坎德勒注意到，就要到他的地界的边缘了。他有四公里的岸线。他指出：“要说这海滩有什么不好，那就是交通了。”贝壳卡在车轮的胶缝里，海水泡沫盖住了车辙。水线旁，经常可以看到塑料瓶，救生圈等物品，但远未到影响海滩美观的程度。我想起了纽约哈得孙河在巴里镇那一段的岸线。曾有一位《体育画报》的摄影师在那儿遇到了布劳尔，他们两位费了九牛二虎之力才到了河边。他要为布劳尔拍一张以当地风景为背景，白发被风吹乱的照片。为了准备拍照，布劳尔还特意换上了滑雪外套。照片本身很成功——生态运动的先知，站在宽宽的湖边。这是一张上半身的照片，所以看不到脚边的实际情况。就在这离曼哈顿上游仅仅一百六十公里的地方，哈得孙河恰如倒垃圾的臭水沟，布满了汽油罐、塑料桶、船用防撞垫、发泡块、砖头、工业废料、一坨坨的沥青、撕碎的船帆。而当下是在坎伯兰岛上，弗雷泽的语气一下子变得活像个作风硬派的地产商。他说我们正在开过的一段海滩是“大西洋沿岸最为壮观的海潮赏区”。布劳尔认为，由他的眼光来看，这些浪花根本谈不上海潮。我们从路虎四驱中出来，沿着海滩走了一段。布劳尔停了下来，仔细观察着夕阳在浪潮上的反光。他对这些很感兴趣——光影的互相作用。他看到了一只马蹄蟹却不知道它叫什么。他捡起了空的海螺壳和蚌壳，问里面的东西叫什么。他对招潮蟹怎么筑巢也十分好奇。捕虾船就在岸边不远处工作着。布劳尔说他十分欣赏它们的式样，船身上插满了钓竿。布劳尔看来很容易就会用图像来思考问题。他似乎先会在脑海里画上某种景象，而在这些景象里，也不是所有人造的东西都是不可接受的。在海潮中随波逐流的捕虾船，就很不错。有一回和布劳尔趁着暮色驾车经过旧金山湾的岸边。有一艘双桅帆船常常泊靠在那里。在霭霭暮色中，船帆半降，桅索依稀，一派平和。布劳尔若有所思："再多几根桅杆就漂亮了。"而今，我们再次上车。布劳尔看了看洋面上聚集而来的云层，他把这叫做"天山"。弗雷泽看着另一个方向自语道，这一带的外沙丘已经开始崩塌了。路虎四驱颠簸前进，碾过长满水草的老虎蟹。

"上过捕虾船看他们捕虾吗?"布劳尔开口问道。

"去过，十二岁的时候上去过，"弗雷泽答道，"我们坎伯兰橡林苑会有一艘捕虾船。每天带上四五个孩子出去一次。"

从岸线经沙丘到林地的距离十分阔大。我问弗雷泽他打算把最外面的房子放在离岸线多远的地方。

"大陆上，"坎德勒插嘴应道。

"这确实是个棘手的问题。如果房子造的太靠里，对休闲活动不方便。我们需要在沿岸毁损区大力植树造林。"

"毁损区?"

"毁损区。这些沙丘不正常。"

"在我眼中它们从来就是这样的"，坎德勒回忆说。

"松树在沿岸地区成长很快，"弗雷泽沿着自己的思路继续往下说。

布劳尔一声不吭。

"三十年后，佐治亚州沿岸每周来访客流还要再增加五万人次，"弗雷泽解释，"我们不能用关闭某些区域的方式强制美国人减少出游。调查表明，相对于其他目的地而言，75%的美国人喜欢来海边度假。我赞成人们享受海滨乐趣才是最重要的。当然啦，那些祭司不这么想。在他们看来，有人来这样的海滩既是心灵的可悲，也是犯罪——可悲、犯罪。”

成片成片的野鸭让岸边的浪花都变成了深色。一匹棕色的母马带着她那灰色的马驹站在齐踝深的水塘中。“坎德勒，你为什么不把这片地买下来呢？”

“没你那么多钱”，坎德勒说。

一群鹈鹕，大约有十几羽，振翅而起，越过海潮。鹈鹕一字长蛇，整齐地向南飞去。坎德勒回忆起当初鹈鹕起飞时，那几十羽上百羽，首尾相连前后呼应的壮观情景。那种年代，一去不复返了。敌敌畏进入了鹈鹕的身体，也进入了它们的蛋壳。那些蛋壳非常薄，在小鹈鹕还未成熟时就破碎了。布劳尔加入讨论，说起鹈鹕是地球上最为古老的物种之一。他背诵了一句名诗：“鹈鹕，鹈鹕，可还记得，在那远古时候，红松掉下的松果？”我们快走到海滨的尽头，已经能够看到圣玛丽河对岸的佛罗里达州了。那队鹈鹕还在奋力前行。布劳尔：“它们完了。我们大概也不远了。”

弗雷泽是英佛内斯家族的弗雷泽一系和多切斯特家族的培根一系的后裔。多切斯特家族移民新大陆后，17 世纪一直是新英格兰的清教徒，其后，随着家族开枝散叶，逐渐南移，先是在马萨诸塞州留下多切斯特的一支，南卡罗来纳一支，最后到佐治亚州。培根一系和弗雷泽一系都出现在当年米德维教会协议的名单上，这个事件对理解佐治亚州及其以南各州具有悠久历史的长老教会，十分重要。弗雷泽家族常常把自己的后代送到爱尔兰的爱丁堡去受教育。1810 年的人口统计表明，弗雷泽家是该州最大的十个奴隶主之一。弗雷泽家中一位颇有名望的成员对南方分裂投下了反对票，而其他成员也有用弹弓与舍曼将军统帅的南军进行对抗的经历。用弗雷泽自己的话来说，两百年来，家族手中一直握有“可观数量的地产”，与家族的历史和地位相对应，其“触角”也深入到了社会的方方面面。这样也就可以理解，谈到在坎伯兰岛上收购土地时，弗雷泽总是正襟危坐，下颌内收，敛容屏息了。他时常重复契科夫小说中的词句——有时只是轻声的自言自语——这只不过是在地产新贵的无情压力下，又一古老家族的无奈投降。

回到了岛的中央，弗雷泽特地来到了一片墓地。墓地的围墙是用石块、沙土和牡蛎壳堆砌而成的。早已是黄昏了，暮色渐重。高大的树干，半明半暗，枝叶摇曳，在地面投下无数阴影。布劳尔思古幽情渐兴。弗雷泽找到了他要找的那块墓碑指给我们看。微弱的余光仅能辨清墓碑上的字：“托马斯·卡耐基，1843 年邓弗林出生；1886 年匹兹堡辞世”。弗雷泽叫我们注意的是卡耐基家相对来说也是新移民。谈到他们时，他称他们为“新贵”，弗雷泽说：“我对他们没什么好感。他们没有历史责任感。他们把自己上岛之后的历史看成是这个岛的历史。看那边。”他指向另一块墓碑。依稀可辨的题刻是“谨此怀念凯瑟琳·米勒，美国独立战争中曾于

1783年任美国联军总司令、陆军少将内森·格林之遗孀，1814年11月2日去世，享年五十九岁。生前才智，身后尊荣。”“生前才智，身后尊荣。卡耐基家族全部加在一起也够不上她。她的朋友，美国南北战争风云人物李将军也是在这个岛上谢世的，坎德勒你知道吗？”

“我知道，弗雷泽。”

“我的朋友，住在萨瓦纳的南丁格尔家族，在卡耐基们还在放羊的时候就拥有了坎伯兰岛。南丁格尔家族曾几世荣耀，历久弥新。他们是格林将军的后裔。他们把这个岛分割，打算把它搞成富人们的隐居之地，这些事，卡耐基们听都没听到过。但世事弄人，南北战争后的国家再造过程载沉载浮，市朝耕桑。现在这些卡耐基祭司却不愿与别人分享这个岛屿。在他们看来，只有卡耐基一族才有欣赏那边海滩美景的眼光。随便找一张美国自私富户一百强的名单，卡耐基大概都是在前几位。”

引来弗雷泽这一串愤愤不平火力全开的抱怨的，是我们从沙滩往里开时在路边见到的另一种坟场：二三十辆轿车和皮卡的车身，在风雨侵蚀下只存下铁皮铁架了。他还是怒气未消，这家人，就是在反对环境保护。就在现在这个当口，他们还想取得联邦政府的支持来让他们继续待在岛上。而这一堆废铁，就是他们如何保存自然景观的最好证明。他还说，要带一辆推土机来把它们埋起来。“坎德勒，你那边也该有些东西要埋吧？作为邻居，我可以帮忙。”

“我可没什么东西要藏起来。”

“要帮忙说一声。开一辆推土机来一天，什么都埋起来了。”

弗雷泽与卡耐基家族的关系也不是一直就像现在这样泾渭分明。卡耐基的后代不是一群好斗的人。大多数并不在岛上居住。在岛上的，不过是两三家。在合同谈判的初期，卡耐基后代的态度各个不同。但是有一件事却让事情演变成今天的样子。弗雷泽拿到地契之后没几天，卡耐基的一位后裔，二十多岁的女孩，在坎伯兰岛上举行了婚礼，男方是弗雷泽橡林苑公司的一位低级主管，管理着坎伯兰岛的项目并在那里遇上了他的新娘。这事本来可以成为很好的像南方姑娘洛卡一类的连续剧的桥段，但情节并未就此打住：新娘正在写一本有关塞拉俱乐部的书。弗雷泽来到了婚礼现场。据数位卡耐基一方的人回忆，他戴着一条宽领带，提着个超大的皮质地图夹。他们说，在婚礼进行中，他打开了那个地图夹，摊开了地图和坎伯兰岛的乌托邦开发计划。他们说，他骂他们是混蛋，对土地保护和地役权一窍不通。更有甚者，他们说，他还在妇女面前打嗝。按新娘的说法，弗雷泽这下可把卡耐基家族“锻成了一块铁板”。他们团结了起来，用一切可能的方式来破坏弗雷泽的计划，最明显的就是推动坎伯兰岛沿岸国家公园计划，并提倡在其中为原有居民做出私有地权及终身置业的安排。那个新郎为了自身的利益，也离他而去。他从橡林苑公司辞职，享他的清福去了。

不过，现在在这样一个昏暗的小墓地，弗雷泽朝着坎德勒说，“坎德勒，你看怎么样，美国自私富户一百强？你看，我能不能那么干他一下?”

“你可不能从这个方向去想，搞不好要伤到自己。”

“好，这次就放过他们。你听说了吗，卡耐基家的一个老寡妇对伍德参议员说，只有托马斯的直系亲属才有权上岛。”

“你怎么知道的?”

“一个参加婚礼的人说的。她就在伍德参议员的鼻子下晃动着她的手指，尖声尖气的说：‘只有托马斯的直系亲属才有权上岛。’你看，什么国家公园，什么沿岸公园，卡耐基家有着他们不可告人的打算。几年前，他们原来还想在海滩上露天采矿，沙滩里有钛、锆、金红石等稀土矿物。我对他们一点也没好感。他们脑子里就是钱，钱，钱，不是来采矿，就是问联邦政府要钱，再不就是搭我的顺风车。这儿还有一块碑。”

碑上刻着：“托马斯·哈金森，职业高尔夫球手，苏格兰圣安德鲁市威廉和海伦的长子。1877 年 10 月 6 日出生。1900 年 12 月 8 日去世。”

“他应该是第一个埋在美国的职业高尔夫球手了，”弗雷泽谈道，“卡耐基家族买下这个岛时，美国根本没有高尔夫球场。查尔斯顿曾有过一个高尔夫俱乐部，萨瓦纳那边也有一家。不过，早就关了。美国历史最悠久的目前还在运行的高尔夫俱乐部该说是扬克斯的圣安德鲁俱乐部了。他们在 1888 年成立。到 1900 年，高尔夫风靡全国。造了好几百个高尔夫球场，包括岛上的这个，我们飞机就停在那儿。卡耐基们把这个年轻人从苏格兰的圣安德鲁带到了岛上。他死的时候只有二十三岁。”

弗雷泽从他对南方的高尔夫球发展史的研究中得益匪浅。他同职业高尔夫协会联手安排了一次十万奖金的循环赛，地点就在希尔顿滩头岛观潮林，并定名为传承经典赛，原因就是美国第一个高尔夫俱乐部是在南卡罗来纳州建立的。传承经典赛第一轮由帕莫赢得的。由于帕莫已经一年多没赢什么大赛了，这次得胜使得他再次成为体育新闻的要角，而希尔顿滩头岛观潮林更成了街谈巷议的话题。如今置身于坎伯兰岛的一个小小墓地，面对一块块墓碑，再定睛看看弗雷泽，我为他的好运气而感到震撼。我在想，如果他这一次再得手，那一定会搞一次十万奖金的顶级职业经典赛，而地点一定是在坎伯兰岛橡林苑的一个叫托马斯·哈金森的纪念高尔夫球场上。

弗雷泽手按墓碑，若有所思地开口：“德鲁伊祭司恨死高尔夫运动了。我不停地对他们讲，七十五年前这儿就有高尔夫球了。布劳尔，我在这儿造个小型球场你不会反对吧？”

布劳尔：“不砍树我就不反对。”

“你是了解我的，我不会砍掉很多树的，”弗雷泽说着转过头去，“坎德勒，布劳尔不反对我们在这搞个高尔夫俱乐部。”

“是吗？”

“是。”

“这才是好哥们。”

当天晚上，在一个叫灰场的旅店里，壁炉里的橡树桩和木炭烧得通红，热气逼人。一张长达三米的大地图铺在壁炉前。弗雷泽和布劳尔正趴在它的周围。随着讨论，他们把手中的鸡尾酒杯从这一端推到另一端。壁炉的上方，悬挂着鹿角，卡耐基家人的画像，还有一张华盛顿总统的画像。一副珍稀蠵龟的完整龟壳和一具前额突出的原始人的头骨从放得满满的立柜上盯着他们。地图大概有二十年的历史了，上面有着好多亡故的和存世的卡耐基家人的签名：托马斯，弗洛伦斯，卡特，露西，南希，安德鲁。灰场会所，门柱高耸，大厅敞亮，虽然有些漆面需要修缮，仍不失巍峨高贵气质。这份产业已传到了露西的儿子瑞克手中。他原先在杰克逊维尔经营一家塑料厂，现在专心致志打理灰场，成为一处只招待受邀客人的度假山庄。弗雷泽当然不是他们邀请的客人，但他还是受到欢迎，那些有关他的坏话，也全是背着他说的。现在，跪趴在地图上，马丁尼酒就在指边，布劳尔说着：“当你趴在铺满地图的地上，你会有一种幻觉，以为是在飞机上。”

弗雷泽问布劳尔：“假定这个岛是你的，假定你是这个岛的唯一主人，又没任何意义上的经济压力，在本世纪的最后三十年，你要把它弄成怎么样的岛呢？”

布劳尔答道：“我要在沙滩上每隔两公里搞一个站点。”

弗雷泽的情绪似乎一下子被提了起来，似乎有些晕眩。正像一个短裤潜水客在水底一下看到了一枚西班牙古金币。他看起来有些激动，但也没有太多的表现。他还是地球之友的布劳尔吗？还是环保运动的神祇，永不言败的荒原斗士吗？弗雷泽的神态又恢复了平静。他收了收下巴，声调平静地说道："我称之为海滨社交点。"

谈话的环境是半私密的。有几个猎鸭人和不多的卡耐基客人走来跑去的。生火的屋子旁是一条长长的走廊，另一端，是被瑞克改成自助酒吧的小房间。瑞克就在里面，短短的身材，结实、强壮。他套着网球鞋，卡其布的长裤，老式蜡染布的衬衫——他就是托马斯的重外孙瑞克。他的太太穿着一套晚便裙站在他的身旁。

"坎伯兰岛完了，每况愈下，"瑞克叹道。

"是愈下，都下到了弗雷泽手中，"太太应了声。

"我现在的感觉就像一个业主接到规划局的市政改造通知书一样。我们对这个大场面似乎无动于衷。其实我要的，就是保护我子孙的继承权。"

"除了服从大多数，我们无能为力。"

"当初我还认为他只是有些麻木不仁，以为他还不错。他粗鲁的品格是他家族的传统。"

"弗雷泽就是自以为是。他总觉得自己完全正确——这就是他问题的症结。"

"没人会像我们家一样关心这个岛屿，基本如此。"

瑞克道了声抱歉，就离开去片烤牛肉了。

在那边的地板上，布劳尔用手臂撑着自己，弗雷泽趴着。

“1980 年 7 月 4 日美国独立日，你，本岛的唯一主人，你准备放多少人上岛？”

“我不知道。如果上岛才半天就说知道答案，那实在是瞎扯蛋。”

“90％的美国人在旅游时要睡床，”弗雷泽接着说，“10％睡在旅游车里。这里面的 5％，或者每千人里面有五个，想要睡在荒原环境。你打算放多少人上来，让他们睡在哪里。”

“坎伯兰岛就让那 10％中的 5％喜欢荒原环境的人来，”坎德勒也参加了进来。

“我们可以用约塞米蒂国家公园的模式，”布劳尔接嘴说，“十八平方公里是高密度使用区。余下的是自然地域。”

布劳尔看来对约塞米蒂十分欣赏。当然，它确实是，或者更准确地说是它曾经是内华达塞拉山脉最负盛名的山谷。他在那里待了数年之久。他的一生也是在它的周围度过的。每当他回到约塞米蒂，他总是沉浸在对往事的回忆中。即便是看着山谷里那些杂乱无章的小镇，成行成片的帐篷，首尾相连的交通，前前后后的报亭，似乎也没受太大影响。所有这些，都是被声名鹊起的约塞米蒂无限美景吸引而来的。这也难怪，他从内心已经接受了约塞米蒂的一切，因为它在布劳尔年轻时就已经城镇化了。现在来到坎伯兰岛上，他推荐的是相似的模式。“如果是我，我会把所有的建筑集中在一个地方，”他向弗雷泽提议，“他们可以徒步走到其他地方去。在这儿的沙滩上走走，是十分惬意的事。你如果只开发一个地点，会在哪里呢？”

“说得明确一点，我的计划包括好几个不同的组成部分，”弗雷泽回应，“这边有惠特尼湖，再过去有苏格兰堡，再是移动沙丘。不过布劳尔，现在让我们假定是你，你是这里的主人。这个岛有三十五公里长。你的那个集中开发区要容纳多少人？”

“你是说晚上？”

“是，晚上。”

“晚上他们要回到那里去，”布劳尔咧嘴笑了笑，“他们会想看看晚上的天空是怎样的。这是他们和地球母亲能有所接触的最后的地方了。”

“多少人？”

“这是他们和日月星辰有所对话的最后的机会了。”

“到底多少人呢？”

布劳尔耸了耸肩。他最终说道：“我不介意在这儿放上两万人。”

“两万？”

“两万。”

布劳尔起身去拿一杯饮料。回屋后，他和弗雷泽取得了一致意见，坎伯兰岛上弗雷泽产业的周边，会建一个国家公园，或者叫做沿岸公园也不错。布劳尔谈到他的担心。如果弗雷泽在取得联邦政府对岛屿的其他部分实施某种保护措施之前就按计划开发，那么随着地产价格的直线上升，其他岛民可能会将自己的产业卖给资质差的开发商。弗雷泽表示他也有同感。

“无论怎么开发这个岛屿，汽车不能上岛，”布劳尔继续。

“不能上。”

“来的人不能开车。不要造桥。无论什么车都不能上沙滩。”

“不能。”

“交通怎么解决?”

“可以考虑专用吉普。”

“食品，其他服务，如何上岛?”

“空运。用运输机。”

“无论怎么做，都不要向底特律汽车商低头。瑞士的采尔马特市就不准汽车进城。华盛顿州的斯特希金市也不允许车辆通行。这都是很好的环保经验。如果要开发，就把建筑集中在一地，而四周则野地环绕。人要靠努力来赢得属于自己的那份自然——他们可以通过步行，磕磕绊绊手脚并用，都行。有了四周野地的存在，集中区就显得重要。我不介意有这么些人。真的不介意。我们一旦远离城市，自然就会在身边柔声叙说。在这里，它们就在叙说。如果沙丘一定要移动，那就让它移动。我知道你心里想什么。可是自然有它自己的一套，不应干涉。”

“布劳尔计划在经济上是可行的。”弗雷泽接口道，“我能接受布劳尔主人的训示和规范。现在这个岛上，天上鸟儿自由飞翔，水中却没有儿童戏水。树林里也空无一人。到哪里都是空无一人。常住岛民是十一个。换言之，每人要占三公里海滩。”

瑞克跑进屋子告诉大家烤牛肉准备好了。“每人三公里沙滩可以说正合适。”他说。

他的太太补充说：“本家族为什么要维持岛屿的现状？因为它是我们的根脉。”

“如果你办得到，那自然请便，”布劳尔插嘴进来，“恐怕这还真不是你能说了算的。”

弗雷泽买下坎伯兰岛的地产后不久，就在岛上设立了一个对外的宿营地。他私下承认，他有多个目的。其一是让公众有熟悉这座岛屿的机会；其次是要建立公众付费使用的先例；再次，可以说是相当聪明的方式，把伍德议员引入这样一个境地，使他或许不得不开口攻击宿营地——要知道，伍德是卡耐基家族雇用的环保顾问，或者，用弗雷泽一直坚持的说法是，“拿钱泼污水的家伙”。伍德是这样评论弗雷泽的：“我就是要把弗雷泽逼入死角，使他认清形势。作为开发商，他是个正面人物，对坎伯兰岛而言，他是个反面人物。我想，他对破坏者这样一个公众形象大概不会有什么兴趣。他想把环保和经济开发捏在一起，这根本就行不通。”

弗雷泽绝对没有自己去坎伯兰岛宿营地过夜的想法。弗雷泽本人对树林野外，对户外活动根本没兴趣，这点他也很坦率。不过，在我和布劳尔的共同说服下，他同意在他的私人营地宿营。在灰场吃完晚餐后，我们三人来到了寒冷漆黑的室外，摸索着向营地走去。在树林中走了一段路后，弗雷泽打破沉默："我不是反对这么做。不过说实话，这可不是我的风格。"

说实在的，还真不好说这到底是谁的风格。那儿有十五辆休闲车——就是那种双轮带帆篷的拖车，有电灯照明和供暖，并带有四眼煤气炉灶。有一个公共厕所和热水淋浴设施，制冰器，还有一个观潮林风格的凉亭。弗雷泽的哲学是"使用"，这就是活生生的例子。他说，他打算在营地旁开一个小卖部，以后还要考虑按日出租吉普车。目前，这种移动式拖车他收五元钱一夜，亏本经营，这些车都要一万五千块一辆。

两辆车已经为我们安排好了。它们门对着门，就像旅游点出租的单间。中间隔着不少棕树，也有好多铁格的木烤炉。布劳尔进了其中一辆，我和弗雷泽用另一辆。我们一边整理我们的睡袋，一边闲聊着。弗雷泽说："十分有趣，他的想法有趣。完全不像我以前想象的。"把他公文箱里的东西摊到一张贴面板做的小桌上后，他就一边阅读一边做旁注。他在看的是耶鲁《法学报》上的一篇有关超大地块分割的文章；还读了一篇《贝鲁特日星报》上关于一种新型的污水处理系统的报道；再有就是《美国森林杂志》上一篇叫"环保的前景在于认识现实"的小文。"目前有些德鲁伊祭司的说法让我怒从中来。但是，布劳尔同他们不一样，”弗雷泽说道，“听其言，他就不像一个祭司。今天一个晚上的讨论，波士顿的管理策略顾问李特大概要收九万美金。布劳尔却跟我们谈了一个晚上。”他拿出《奥特本鸟类研究》杂志，一本书名为《土地，人和政策》的书，以及他公司的招股说明书的草稿，准备明天早晨看。他关了灯。“这个岛最有价值、最好的利用方式，就是让孩子们使用，”他一边钻进被窝一边说着，“不过，就我来看，这里的情况太复杂，换言之，毫无希望。这个岛上，大概难有什么一定规模的开发工程。”

布劳尔在棕树的另一头嚷了一嗓子：“心底平静，睡个好觉。晚安!”

弗雷泽也高声回应：“我的心底可没平静的日子，可我每天睡得好。晚安!”

“晚安。”

晚安。说得轻巧做起来就不是那么回事了。我们各自的“床”，其实是挂在车的两头的。弗雷泽和我，像是坐在一个弹簧跷跷板的两端。只要他往右一翻身，我就被翘起来一点；他往左，我就沉下去一点。我躺在那里，直到深夜，我在想，他们两人之间关系的发展是否有迹可循。

弗雷泽说了沙滩给孩子们用。我想他这次不单单是为了孔方兄。观潮林那边，确实有好多秋千——吊在林间小过道的框架上，吊在大树的树干上。他买了儿童三轮脚踏车散放在各处。他还装了些小孩身高的吊床。有一回和他一起在他那新建的小镇上散步时，他曾谈及："园艺设计师不喜欢秋千，原因是秋千无法突出设计的特点。我就在等他们完工。他们一完工，我就来挂我的秋千。我还要招一个卖西瓜的——冬天卖烤牡蛎，夏天卖冰镇西瓜。"弗雷泽和他的太太玛丽住在一幢有玻璃墙面的观潮林格调的柏木房子里。花匠为他们打理环境。他们有两个女儿，一个四岁，另一个才两岁。弗雷泽夫妇相信三岁看七岁、七岁看终身的说法。最初的几年是最重要的。所以，除了其他设施，他们还捐助了蒙索里小学（玛丽在那里工作）和周围树林中那么多的秋千。

布劳尔对年轻一代十分敬重。他坚信他们在环保上会做得更好。他从来不把年轻一代和伐木公司、汽车公司、化学品公司或者采矿公司混在一起。他对希伯来古《圣经》中的菲利斯坦君主憎恶不已，而对青年希腊团则十分赞赏。他非常坦白地承认，自己从孩子身上学到了不少东西。他的孩子都二十多岁了，上学的上学，工作的工作。除了他的白发以外，他本人的面相也相当的年轻。有时，他相信年轻一代的判断更胜于他自己的。经常可以听到他说："我常常为年轻一代在没有上一代人指点的情况下采取正确的步伐感到欢欣鼓舞。"到了坎伯兰岛上后，不止一次的听到他赞叹："真没想到那么年轻……那么精力充沛！我没想到他只是一个小伙子。"

沿着一条旁边竖着木栅栏的林荫道，还在孩提时代的弗雷泽就天天步行去学校。他当时顶着一头卷曲的金发。他的父母给他买来了好多运动器材，可他总是分送给别的小伙伴，自己坐在门廊上看书，而让他的同学在他家的前院里踢足球或打垒球——并总是把山茶花弄得七零八落。他家大概拥有一半的海恩斯维尔镇。他们家是利伯蒂县里第一家有自来水，第一家有抽水马桶，也是第一家拥有两架钢琴的家庭。建造第一长老会教堂的用地，就是由他的祖母捐赠的。他的父亲，是佐治亚州长老会的召集人，是全美长老教会男信徒协会的主席。教会，是弗雷泽的一切。有一天他在希尔顿滩头岛谈到这些往事时，还情不自禁地像童声合唱团的指挥一样挥动着双手，哼着："圣主！圣主！圣主！""作为一个加尔文派的清教徒，长辈告诉我在人的一生中，不该追求舒适。不过，我最终意识到自己负有某种使命，不管我犯下多严重的罪。"他谈到，在十三岁时，他已经是一家报刊生意的头了。在他的铁腕统治下，他的童子军队伍全部出去卖报。他在小溪中垂钓，树林中逮雀，收集七叶树的叶片。他是利伯蒂县第一个晋升为老鹰童子军的孩子。现在观潮林公司的主管级团队中，许多就出自当初的老鹰童子军。在观潮林的会议室墙壁上，挂着他父亲的一张真人大小的画像，旁边竖着两面旗帜。一面是美国国旗，另一面是三星将军旗。父亲是首先进入新几内亚的军队司令。他和巴顿一起进入法国。父亲的队伍在弗雷泽十岁时由骑兵转为防空兵，这使他大松了一口气。弗雷泽对马匹非常厌恶，根本不想骑它们。

他的兴趣在其他地方。为了成为老鹰童子军，他取得了爱护鸟类，爱护爬虫，保护环境的勋章。他喜欢漂亮的东西，也有设计的天赋。他用牙签蘸着染料在一个茶杯上画上了家族的族徽。他的弟弟乔是一个天生的运动员。利伯蒂县是个滨海县城，而弗雷泽最喜欢做的事情之一，就是跑去海滩，用沙来造各种城堡。

弗雷泽的岳母在还没成为他的岳母之前，无论她的女儿在哪里，都会一直给她寄去有关他和他的造林情况的剪报——在斯蒂芬学院，在哥大，在密苏里州，以及以后她为瑟蒙德参议员工作时的华盛顿办公室。“玛丽的母亲是个考虑周全的南方女人。她知道玛丽今后的生活水准依赖于她丈夫的收入。”弗雷泽曾经这样解释，“玛丽的生活条件一直十分优渥。十六岁时，她就开着凯迪拉克上学了——这还是家里没人开的一辆。”上大学时，她并没有经常见他。不过，她每次都听话地看完那些有关他的剪报。而最终，还是她帮助了也可说是救了弗雷泽。细节问题从来不是弗雷泽的强项，她担起了这方面的责任。他经常丢三落四——钱包，公文箱，外套，开会的地点。他曾经有过的帽子都给他弄丢了。“帽子很讨厌，很无聊，”他有时会这样抱怨。他并不是记不住，这点他的太太看出来了。他只是对这种小细节不屑挂心。他一直在阅读。他上下楼梯时也在读，饭放凉了还在读。他在汽车里又拉了一个小灯泡，这样在玛丽开车时他就可以读书了。他可能忘了雨衣，可是许多数据却记得清清楚楚。随便什么房间，他进去三分钟，立马变得乱七八糟。

“这篇你读过吗？那篇你怎么看？这儿还有一篇！”报纸满地都是，书也堆在地上。“我的弗雷泽经常说时间太少了，随便什么事，当下就是最合适的时间，最好是马上动手，”玛丽有一次这么谈起，“他把这个原则运用到所有事情上，去欧洲旅行，怀孩子，全一样。”玛丽长着深色的头发，黑黑的眼睛，瘦长的身材，是劳顿家族的后代。劳顿也是希尔顿滩头岛最早期的棉花农场主——就在观潮林那一带。弗雷泽刨档案把这一段刨出来后，十分兴奋。从此，他们两人都把这一带称为“遗产”。他谈起此事时总带有一种超然的笑容。明显地，他对有这层关系能让他表示出超然，十分得意。“劳顿是棉农”，他喜欢用这种口吻谈到他们，让听者明白无误地感受到他是在指美国南北战争前棉花为王的时代，那些高高在上，生活优渥的棉花农场主。他有一次向一位生客介绍他四岁的孩子劳拉·劳顿。

“你好，劳拉小朋友！”

“不好意思，我们恐怕得叫她劳拉·劳顿，”弗雷泽强调。

“劳拉·劳顿，跟着我说：我的曾曾曾曾曾曾祖父在这里种棉花。”

1941年，加利福尼亚大学出版社的办公室里，安娜做给布劳尔看她能弯下腰来用牙齿从地板上把一张报纸捡起来。她叫布劳尔也来试一下。他们两人共用一个办公室。他们两个都是编辑，做着用她的话来说就是“炒那些没什么章法的文章的冷饭”。他冷冰冰地说道，这种拿报纸的特技，他是不会去试的，也不该在办公室里做。同为编辑，布劳尔使她有些嫉妒。“他要好上那么多。我怎么也搞不明白他是从哪里得到那种语言敏感的。他是个了不起的编辑。他把作者的优点发扬光大。让我心里不平的是从来不读什么书的人做得那么好。我从四岁起就一直阅读。他从来不读东西。他不读小说。对英国文学可说是一无所知。不知怎么回事，他对语言就是这么有感觉。”安娜出生在奥克兰。她父亲干什么什么不成，最后他说就来干干延长人类生命的事业。她祖父艾里什，是一位编辑、政治家，就是那位在美国民主党多数派领袖威廉·布莱恩攻击金本位制并说了“我们不能把人类钉在黄金十字架上”后和他辩论的那个人。1943 年，布劳尔是在他还在第十山地营时通过信件向安娜求婚的。在他去海外之前，他们在科罗拉多州住了一段，然后去了西弗吉尼亚州，布劳尔在那儿教山地部队登山的技能。他一直不在家而在部队宿营，安娜十分焦虑，赶到了华盛顿，在陆军情报部做一份军情通报的编辑工作。其后，她又回到了加利福尼亚大学。在 1969 年我首次见到她时，她仍是那里的编辑。她相当和蔼，可说是有一点满不在乎——但她敏锐的目光和听力，暴露了她的内在性格。我记得她曾告诉过他：“我从没遇见过像你这样让我动嫁心的人——尤其是在国家公园里。”布劳尔明显需要她的帮助。不在她身边的时候，布劳尔很少有经过电话亭而不进去给她打个电话的时候。在他们早年在出版社的时光，他有时会不告而别进山到内华达塞拉山脉去待上一段。在他这样做了几次后，安娜告诉他，他这是想逍遥法外。他一声不响，弯下腰来，用牙齿咬起了地上的报纸。他说，他总得有个地方去练习。他叫她跟他一块儿进山去。可她更喜欢海，对山脉提不起兴趣来。“小说家埃德娜·费伯早就说过大山十分迷人也确实无聊，这也是我的感觉。最终，我还是跟着塞拉俱乐部去了一次，那次正好缺一个人。为了能坚持下来，我带来一瓶烈酒，一路小口小口地吸着。三天后，我真的爱上了这次旅行——野外是那么不同寻常。而对布劳尔，除非你亲眼见到他在山上的模样，不然根本就不了解他。”

我想起了布劳尔在内华达州塞拉山脉，在加利福尼亚州的矿王谷的时期。对环保运动而言，矿王谷可说就是他们眼中的英法百年战争中取胜转折点阿金库尔，美国独立战争时的萨拉托加，二战北非战场的阿拉曼。迪士尼公司打算在矿王谷的山坡上安装缆索吊椅，并在山上建造旅馆，以每年吸引一百万游客。还有人提出矿王谷是举行 1976 年冬季奥林匹克运动会，并庆祝美国立国两百周年最合适的地点。我和布劳尔一起去过矿王谷。我的印象是——不谈别的任何因素——这里实在是个滑雪的好地方。山谷的腹地，小河静静流淌。侧身岸边，抬头四望，一连十一座平滑的锥形山峰围成一圈，整个地貌，恰恰是一顶花岗岩制的皇冠。高坡上，布满紫冷杉、刺柏杜松、山杨及狐尾松。缓坡上，则是一片牧草，没有一棵树木。20 世纪最负盛名的奥地利滑雪教练斯耐德曾经点评，该地为加利福尼亚州最具前景的滑雪胜地。每年，堆满山谷的白雪会压垮成百棵大树——雪源如此丰沛。有时雪崩力量如此之大，到达谷底后，还要冲上另一面的山坡，冲倒大树。对内华达塞拉山脉的地理发展史而言，矿王谷是个成熟的山谷。整个内华达塞拉山脉大多是丘陵地带，到了一千两百米以上，才开始急升抬高而超过落基山脉。山泉冲破由造地运动抬高的岩壁，冲击形成了像约塞米蒂一类的四面围着山崖的小平原。而矿王谷却不同，它和周围的山峰一起抬升，马鞍的形状一直没变——好个远古的山脉。而且，这样的地形正好能留住积雪，塞拉山脉又是以降雪闻名。布劳尔在多年前曾对当地做过一次滑雪场可行性的调查，并说他倾向于有限开发。他说他现在仍是这个想法。坐在一棵高大的白棉杨树下，双脚浸在河水中，布劳尔指出，矿王谷已经算不上什么荒原了。有一条公路通向山谷，几排房子也早就造好了，还有一家锯木厂，以及牲畜转运站的几围畜栏。如果听见他这么谈论，某位吃惊不小的环保分子或许会想，是不是魔鬼化装成布劳尔跑到矿王谷来了。可是，从迪士尼公司方面来讲，布劳尔也算不上是个支持者。看着矿王谷四周的山峰，他决定虽然他也支持有限开发，但反对吊升索道。他说，公众应该通过带着器具攀登来赢得往山下滑雪的乐趣。同时，他反对改造现有的公路。那条公路狭窄曲折，要是真有一百万游客，那还没到矿王谷人大概就都变老了。布劳尔说迪士尼公司可以在山中造涵洞，或者用飞机把游客运进山中，自己去消化费用。他被告知这实在是有点异想天开，布劳尔回应说，反正迪士尼将永久性地改变当地的地貌，让他们花个千把年来摊平费用也不为过。

弗雷泽在梦中又叹气又翻身。我不知道在今后数日内他是否能看出布劳尔表面上对坎伯兰岛开发项目的宽容态度，其实是带有条件的。他又叹了口气。他可能梦到了BASF Aktiengesellschaft。这个所有名字中他最不愿听到的名字，可能又来到了他的梦中。这就是响当当的德国巴斯夫公司，除了许多其他产品之外，还制造家具业和纺织业用的化学品和染料。不久前，巴斯夫公司决定在美国南部再开一家生产厂。当然有好多地方可供选择。选来选去德国人最终选定的是观潮林。德国的化学巨头看来也喜欢高尔夫球和优质生活。他们在维多利亚崖那里找到了厂址。那儿离开希尔顿滩头岛只有三公里。空气和水质的污染那是跑不了的。弗雷泽在这段时间里鬼使神差地成了一帮德鲁伊祭司的头，他们的口号是“德国巴斯夫，臭水臭空气”。最终弗雷泽和他的祭司帮是能把巴斯夫赶出去的，但他也将体会到在观潮林的美丽外表下，也有致命的东西。

虽然只是野营了一天，而且是睡在一万五千美金的移动式帐篷里，弗雷泽还是受不了了。第二天，我们把东西都搬到了刚从希尔顿滩头岛悄悄溜进坎伯兰河的刚毅号游艇上。弗雷泽的游艇的尺寸倒是和他对荒原的厌恶成正比。游艇有十九米长，有五个头等舱和一个通体的大厅。酒吧里放满了添加利金酒。弗雷泽那南方人的敏感触角在悄无声息中探触到社会生活的方方面面，甚至了解到了添加利金酒是布劳尔最喜欢的金酒种类。胃溃疡难以根治，常令人无所适从。在一位医生朋友的道德开脱下，布劳尔曾用金酒来控制胃溃疡。这个偏方在布劳尔身上十分有效，从此他成为了金酒的拥趸。布劳尔两眼微微放光，脱口而出要了一杯“添加利金酒调的马丁尼，纯酒，别加别的”。在他眼里，柠檬会改变金酒的醇香。加橄榄那是傻瓜做的事，那得少喝两口金酒。这一天跑来跑去的真是累坏了，布劳尔一杯在手，窝在一张沙发里看着西下的夕阳，过着他那无辜的酒瘾。弗雷泽一边小口品着波旁威士忌，一边像个苦行僧一样仍在忙他的招股说明书——为这个他定名为休闲环境有限公司的生意，要发行二十五美金一股的几十万股股票。他需要钱来发展，也不是单单为了坎伯兰岛的生意，他眼睛还盯着从北卡罗来纳州到夏威夷的好几个地盘。他在波多黎各刚刚买了一片椰林覆盖、长达十公里、还未开发的白沙海滩。就在几周前，他还远至科威特去找资金。弗雷泽一面用一支蓝笔在招股书上划着，一边说着：“我只是一个南卡罗来纳州的牡蛎工，想问您要点小钱。就一百万，请您能不能出一百万。”

布劳尔说了声：“看，看那阳光照在烟尘上的样子！”快落山的太阳有气无力地照在属于造纸厂的树林上，似乎有意要让佐治亚州难堪：它看起来就像漂在黑豆浓汤中的一个蛋黄。“美国工业根本没经过我同意就把我的生命缩短两年，还要把我下一代的生命缩短七年。我虽然没有调查数据，但我对它确信无疑。”

“把那家造纸厂搬到坎伯兰岛上来，城里就可以没烟雾了，”弗雷泽接口这样说了句，看了看坎德勒。坎德勒转过头去，看着落日。

布劳尔接着说：“不管他们赚不赚钱，他们没有把属于公众的空气买下来。应该给他们六个月的时间，或者治好污染，或者关门。快转起来，地球。我敢保证，太阳落山时要比上山慢得多。”

那天早上 6 点 57 分，我们看着朝阳噗的一下跳出了海面，就像海平面下有一只捏着一个橡胶球的手突然放开了一样。正在吃早餐的弗雷泽，读着《奥特本鸟类研究》上一篇叫“死去的沼泽”的文章。整个上午，弗雷泽不时在讨好布劳尔。在驾车跌跌撞撞地穿过一条森林中弯曲狭窄的沙路时，弗雷泽提出：“我们就把这条路叫做布劳尔游览大道。”后来，在一个景色静谧的沼泽的边上，弗雷泽又说：“把这一片定名为布劳尔野生动物保留地及林中休闲区。”在我们驾船行驶在一条潮汐河上时，弗雷泽像华盛顿总统一样站在船头，讲出已经在他脑中酝酿许久的新闻公告的开头几句话：“查尔斯·弗雷泽先生今天公布了关于坎伯兰岛用途的详细研究报告。”坎德勒一手扶着船舵，一手往外舀水。一队队的野鸭飞过头顶。河水很浅，弗雷泽用一只小铁锚像篼子一样从露在外面的河床上敲下了百多个牡蛎。看得出，他的心情相当不错。上岸后，他开着路虎以八十公里的时速在海滩上冲，用兴奋的语调宣布坎伯兰岛的这个开发项目将被命名为坎伯兰岛环保协会。

布劳尔的心情也相当不错——可见他在岛上过得非常开心。我猜大不透他为什么没有同弗雷泽唇枪舌剑的交锋一番。不过话说回来，我过去也曾见过他在类似场合的反应。他的心里可能早已有了定见，他会让自己在有所犹豫中保持沉默。在北喀斯喀特，他熟悉那里的情况。他在那里工作，他在那里为成立荒原保护区斗争过。坎伯兰岛他可从未来过。而兴致高昂的弗雷泽也认为布劳尔根本不难搞，他甚至不愿意把他叫做祭司。从某种意义上讲弗雷泽并没搞错，对某个教派里那些只知道死记硬背的普通成员，一眼就可以看出他们内心在想什么。可是这位——弗雷泽明显没搞清形势——可不是教派里的普通成员。他是神秘莫测的森林之神，是全美生态事务方面的最高神祇，德鲁伊大祭司才是他的称号。弗雷泽与祭司们的过节，才刚刚开始。

在不动声色的布劳尔身上没能找到对手的弗雷泽最终把矛头对准了坎德勒。坎德勒最初的想法不过是带着布劳尔到岛上各处逛逛，也一直不多说话，他不想参与。可是现在逃不过了，对话充满火药味：

“坎德勒，你是不想让大家上岛的，不是吗?”弗雷泽说。

“我可没这么说，”坎德勒轻声应道。

“我们对海滩所拥有的私人产业权，绝不能超过对高速公路，对军队营房，对铁路机场，对学校医院，对一个要围堰造坝的山谷，等等类似地产的产业权。公众所追求的幸福，很大一部分是他们的年假。因此，这个海滩只能是为了公众的利益。”

“你的利益。我并不反对大家来使用这个海滩，不过，他们得自己想法子来享受这里的一切。”

我们刚巧来到弗雷泽计划中开发项目的南端。弗雷泽说从那儿开始，一直到海岛的最南端，都要成为一个国家海滩公园——足足有二十五公里长——而在他地产的北部，应该成为“环境保护区”。对于开发，他答应，不会包含任何会产生污染的内容。

“它们是什么呢?”

“房子，码头，一个机场，一家小卖部。”

“这可不是我对环保的理解。”

“告诉我，坎德勒，哪一家卡耐基会是下一个跳出来卖地的呢?”

沉默。

“项目一动工，地价就会噌噌往上涨，有多少家卡耐基会额手相庆?”

沉默。

“这帮势利小人——都是美国自私富户一百强榜上名列前茅的。”

“我倒想编一份海岛破坏者的名单，”坎德勒说道。

弗雷泽：“如果政府有比我更好的用途，他们可以公开谴责我。”

看来有一个叫坎伯兰岛环保协会的组织早就存在了。

“把岛上的组织名字都说出来，”弗雷泽说。

坎德勒问：“你这是什么意思？”

“我每次一看报纸，就蹦出一个新的名称。”

“你的那个坎伯兰岛控股公司有吗？”

“再说一个别的。”

“我只知道坎伯兰岛环保协会，”坎德勒道。

“注册了吗？”

“我认为是。”

“你认为？”

“对的。”

“谁是这个坎伯兰岛环保协会的主席？”

“鄙人。”

“注册了吗？”

“搞不大清。”

“这边水面的光照恰到好处，”布劳尔说道，“恰到好处。”

布劳尔和弗雷泽爬上了一座移动沙丘。坎德勒留在了下面。从沙丘上面，他看起来孤零零的——三十公里长的白沙，仅此一人。“人对生活惯了的海岛会产生某种依恋。任何改变，任何对他们从小开始就熟悉的环境的改变，都会引起他们强烈的不安，”弗雷泽说道，“让生人来使用他们的财产，无异于是兜头一棒。”

有天下午和坎德勒一起驾船出海时，他曾经告诉我坎伯兰岛在他心目中的位置。“那里什么事都来得很慢。一代代都留下他们的印迹，”他这样打开话头，“一代一代融入他们的上一代。印第安人的墓穴还在岛上。我在岛上的时候，放眼所见的景色，也就是印第安人当初看到的。我就生活在印第安人曾经生活的地方。他们与土地的关系更紧密，他们是环境的一部分。弗雷泽曾经说过，海啸一来，坎伯兰岛不复以往。什么海燕麦，都没了。可是海岛教会了我们要耐心。海燕麦会重新长出来。冲走的沙丘又会堆积起来。总得有些地方是不大容易去得了的。我相信这不是自私。我认为这是考虑周全。”

弗雷泽的观点，他也曾对我说过，最能使他高兴的，莫过于由国家滨海公园来收购余下的海岛，并联手开发岛产了。事实上，在了解周围业主的想法之前开发他自己的地产，会使他很犹豫，也可以说不太可能。坎伯兰岛上，如果有个新的观潮林拔地而起，周围的地价就会大大增值，卡耐基们和坎德勒们大概很难抵挡得住其他有样学样的开发商的诱惑而出售土地。坎伯兰岛是如此巨大，即便对于弗雷泽而言，保护性购买也做不到。他只能设想一种与环境和谐的有限开发，同时有着能使自己生存下去的多渠道收入。而周围则是受永久保护的荒原。一定数量的公众可以上岛活动，享受自然。

现在，在沙丘上的布劳尔和弗雷泽，正像发现新大陆的哥伦布和拿下中美洲的考第斯，审视这一片人迹未至洁净无邪的处女地。弗雷泽说道：“我认为对这一类地区，政府应该禁止私人业主拥有。你怎么看？”

“同意。”

在沙滩上的坎德勒向海边走远了。从沙丘上看去，他的身影更小了。远远望去，他只有食指和拇指间一个硬币的大小。他的双手插在裤袋里。

“在这里，我想应该把我的九十和十的关系反过来。10％开发，而90％维持原样。”

弗雷泽接口道：“希望能够如此。”

在半页贝壳中的牡蛎，如果是像我们当天中午吃的那么新鲜，应该是半透明的，基本上可以说是全透明的。如果不小心掉在报纸上，你甚至可以透过它们的肉质看清下面的字体。我曾在多地的潮汐河边居住过，也曾经试着建立过自己的业余牡蛎场，那时我会在午饭前捞个百十来只来吃。即便是我最好的记忆，与目前坎伯兰潮汐河的牡蛎比起来，也远为逊色。一块块像玻璃一样滑溜的牡蛎肉，从裙边到触须，那肉感，那鲜劲，让人满口生津。新鲜的和（在橡木上）烤熟的，我们加起来至少吃了有五百个——弗吉尼亚特级牡蛎，远好过法国名产波尔多牡蛎。还不止这些。当天在弗雷泽游艇上，放在我们面前的是各种各样的开胃小吃，炭烤的童子鸡，放了满满一桌。

在艇上，布劳尔抬起了手，屏住气息看着酒杯中金酒和光的棱镜作用。随后他往舷窗外遥望，沼泽后，落日熔金，一片血红。“户外生活十分健康，就是不要哪里都搞点设施。”白葡萄酒端了上来，是配烤童子鸡的。游艇上，真挚的友谊在酒杯间流动。窗外，坎伯兰岛模糊的身形渐渐隐入浓重的暮色中。恰如俄裔英国作家约瑟夫·康拉德所描写的“纹丝不动之下是神秘莫测和冷酷无情”。谁也没看着岛上。在大厅墙上挂着的彩电，正在播放旧金山 49 队掩杀巴尔的摩小马队的镜头。布劳尔说：“实况转播万岁！这是技术为我们带来的莫大优惠。”

弗雷泽开口说道：“我们要在岛上搞一个环保会议中心。”

“这就得造一个机场，”布劳尔应道，“我还知道如果要开会，就得先把人运进来。”

“祭司们免费，”弗雷泽问布劳尔，“如果你是这里的主人，那些沼泽地你打算怎么办？”

“让它们待着！让绿地待在那里！我就会嚷嚷，你来行动，”布劳尔说，“留下沼泽地！所有绿色的东西中，草是最有效率的了。整个就是叶绿素，叶绿素。如果我能再次投生的话，我的一生都要在草丛里度过。整个地球都在我的血液里。我不想离开它们。我要和它们融为一体。我想天天看着它们。到了海滩上，我可以成天成天地待在这里，读那些不是装在小瓶子里漂来的，而是刻划在贝壳纹路中的信息。生命的起源是在星期二的中午，无限美妙，活力无穷的大千世界在随后的四天里形成。午夜前三分钟人才出现。午夜前的四分之一秒时耶稣降临了。午夜前四十分之一秒，工业革命发生。你，弗雷泽，非得说服那帮该死的地产商不要到处伸手，要对人类负起点责任来。他们如果不这样做，上帝可能会决定把人像做坏的实验品那样剔除出去。我看到了你能办得到的迹象。让别人也像你一样。系统就是用来改革系统本身的。”

弗雷泽双手抱头，安静地听着布劳尔长篇大论。布劳尔讲完后，他一言不发，慢慢地啜着酒。

第二天清晨，布劳尔在游艇的大厅里做了他的晨祷。他把公文箱理了一遍——箱角都磨破了，塞着那么多东西，书，杂志，笔记本，剪报——还阅读了一小时，似乎是想要让自己进入角色。他读的是塞拉俱乐部的一本叫《玛齐亚港：石油和缅因州》的小册子。他还读了一封城市规划局的贝尔先生写给杰克逊参议员的信，要求他解释为什么事实上早已是军队的导弹堆放库、军用物资的废料场、原子武器的实验地的安奇卡岛，还能被叫做国家野生动物庇护所并享受相关优惠。同时，布劳尔还在用他那种晦涩难懂的方式准备他在哈佛大学的演讲：“自成系统……本月的掠夺……信号……超音速交通……水库……锯材。”他一边写，一边找材料，桌上还堆起了大大的一摞剪报资料：“北大西洋公约组织被告知：加入反污染斗争”，“英国石油公司估计阿拉斯加石油储量为五十亿桶”，“生态天堂之沉沦”，“谁来管理城市”，“规划部门主张两孩政策”，“放慢石油开采”，“流产法案流产了”，“雾霾让我们无精打采”，“在自然的国度里，我们都是恐怖分子”，“西北干道往哪里去”，还有一些更吸引眼球的题目："杞人忧天"，"人才是自然的主人"，"人口论二踢脚"（美国环保作者威廉·巴克莱提出根本不存在人口爆炸），以及斯坦福大学《新晋科学家杂志》的一篇社论，讥讽"生态大主教"们那些陈词滥调的口号和故作姿态的高调。随后他还审核了一份叫做《国民铁锤》的通讯样本，读了斯坦福《法学学报》上一篇名为"超音速交通：从洛杉矶黑人区瓦茨到纽约黑人区哈勒姆只要两小时"，以及一长串提议用于一套丛书的书目——布劳尔是出版人，丛书定名为《假如我们不知道》，重点是讨论那些宁可不开发的项目：超音速交通，马基雅港超级炼油厂，横贯阿拉斯加油管，穿越中美洲的海平面大渡槽。他还浏览了利波德调查报告（"土地流失……将一举改变南佛罗里达生态系统"）和《审判》杂志上的一篇短文"法律就能挽救人类环境吗"。最后，看了一篇报道纽约西乡区的极不协调的建筑风格的文章。他把一篇《商业周刊》上的文章"这是商业必须取胜的一场战斗"拿在手上挥了挥手："商业世界里露出了一丝曙光。他们总算认识了环境问题不仅仅是销售销售再销售。"

弗雷泽从船舱下面现身了，穿着深色的外套，系着领带。早餐后，他要离开坎伯兰岛，去和南面其他地方的祭司们继续斗争。其他人还要待一会儿。很明显，弗雷泽感到坎伯兰岛的事大概可以放心了，至少目前是可以放心了。他驾着路虎去那简陋的跑道。那架小飞机已停在了那片茴香草中等着了。在一片热情的告别声中，弗雷泽跨进飞机座舱。飞行员立即将转速提到最高。在前面的四匹野马，慢悠悠地踱出跑道。飞机冲过茴香草地，一跃上天。布劳尔静静地看着飞机爬升转弯，突然轻声说道："什么才能让坎德勒在南面动起来？"

我们挤进坎德勒吉普车又在岛上兜了一天。按坎德勒每小时十五到二十五公里的行车速度，岛上的许多细节开始显现。坐在弗雷泽的车里往前猛冲，窗外一片蓝绿相杂而已。吉普车是敞篷式的，让我们实实在在地感觉这座小岛，这是在弗雷泽车中从未有过的。坎德勒告诉我们："岛太大了，反正也跑不完，还不如好好体会能走到的地方。坐在弗雷泽那种四驱上游岛，就像躲在漂流罐里游览尼亚加拉大瀑布。"

布劳尔说："我从未见过像他这样的人。"

"他把希尔顿滩头岛开发了，你满意不满意？"

"这还真讲不好。应该说不怎么满意吧。沿海地区我希望多点荒原，少点开发。可是话说回来，如果非要开发，我还真希望由他这样的人来做。"

我们的车慢悠悠地往前开着，麋鹿在车旁游来荡去。坎德勒带我们看了他经常在落潮时去采慈菇的地方，我们还去了另外一个地方摘了些西柚。我们又去了小岛的尽南端，丘岗鳞次，港汊纵横，木兰亭立。那边，还看得出有一个九十多年前造的小码头，当时这里应该是最南端了。现在，码头的建筑离开南边的滩头起码有六七百米了。而岛北端的土地也在不停地被侵蚀。坎伯兰岛正在缓慢地移往佛罗里达州，它的前端，已经跨过了州界。一声巨响毫无预警地炸开，声音响得甚至让布劳尔一个趔趄。海鸟应声惊起，成千上万的鸟，蛎鹬，鹈鹕，矶鹞，海鸥，吱吱地叫着往佛罗里达上空方向飞去。它们成群结队地在上空中振翅飞舞，盘旋往返，尖叫不停。坎德勒告诉我们他曾经在一个土坟中挖出一副坐着的骨骸，他还告诉我们，他还是小孩时，就常常玩戴着笼口的鳄鱼。我们还去了露西家，去看她那头驯化了的秃鹫。一台锈坏了的发动机挂在一棵树上，家中除了秃鹫，空无一人。秃鹫双眼异常明亮，就像夜空中飞机的巡航灯。秃鹫啄弄着布劳尔的鞋带，布劳尔温柔地抚摸着它，轻声对它讲着话。秃鹫开始啄弄布劳尔的手指，又用爪子钩住布劳尔的手。沼泽里，成群的白鹭、蓝鸬和鹭鸶在觅食。橡树林中的长条仙人球，远看像一条条挂在树上的香肠。回到坎德勒家中后，我们又吃了一大堆潮汐河里的海虾。墙上有一面大挂钟，我们围坐在下面。挂钟面上一排字写着“加可乐，味更佳”。同牡蛎一样，刚捞起来的海虾肉质几乎是透明的。还在海边的时候，坎德勒指给我们看了一副棱皮龟的龟壳，几乎有皮箱那么大。它其实已经在那儿好久了，只是昨天我们匆匆来去，谁也没有注意。几头野猪在沼泽中找着海产大嚼。头上，几十只鸬鹚排着松散的队形一掠而过。

布劳尔开口说：“它们在对我们拼什么队形？”

“百事可乐，”坎德勒应声道。

如果天上真有什么信息的话，我所能看出来的就是俩字“剧终”。我们把车驶上一座移动沙丘，就着沙坡一滑而下。盐末般的细沙上，留下了清晰的滑痕。风最终会把这些滑痕掩盖得无影无踪。但，又有多少滑痕需要让风来掩盖掉呢？

从今天早上——准确地说，是三天来，我们在一个比曼哈顿还要大的岛上四处溜达，除了坎德勒家里和灰场会所外，没见到过一个人。整个岛上的林地，空无一人。现在已是20世纪末了，在美国，居然还能有这样一块地方，实在是出人意料。这里风光宜人，但生态又十分脆弱，与当今完全脱节。我们，正如坎德勒说的那样，所见所感，就是当年印第安土著们的所见所感。我不难理解坎德勒为什么想要"居住在印第安人曾经居住过的地方……亲近土地，融入环境"。同样，我们也在潮汐河里捞海虾，去想去的角落闲逛——在我们这个时代，正是由于私人拥有制度，才能给我们这样的特权。这就是坎伯兰岛的两难之处，也是它今后命运的指标。当马斯科吉部落在此地生活之时，小岛一文不名。到如今，动辄千万，而且无人知道最终将是怎样的一个天文数字。需求，诱惑，现实生活的捐税压力，最终必将把海岛从目前的业主手中夺走。他们不可能一直保有它。什么由几个人拥有三十公里海滩的争论早就变得毫无意义。经济，自有它让人就范的手段。

事实上，这种决定命运的时刻也不过就在几个月后。今后数月，集结而来的德鲁伊祭司们将会造成如此大的压力——社会的，政治的，经济的压力，有关海岛生态系统的宣传将铺天盖地，最终，即便是弗雷泽也只得放手，把他在坎伯兰岛的土地卖给国家公园基金会。国家公园服务署购买土地的资金将由梅隆基金会提供，并留下足够多的款项用来从其他业主手中购入余下的土地。这么说来，弗雷泽在经手间完成了将坎伯兰岛从一个私人的法外之地转变为公共储备的工作。而其他业主并没有任何选择。他们当然想让海岛维持现状——这一点不奇怪。这里是地球上硕果仅存的原始面貌之一。所有其他选择，无论是私人开发还是公共地界，都不能与之相比，也无法与之相比。在坎伯兰岛争夺战中，你来我往，有输有赢，而不管是谁最终胜出，都不是坎伯兰岛的福音。弗雷泽家族对海岛的地貌会有自己的打算，对国家公园服务署而言这就是另一个版本的约塞米蒂国家公园。而无论哪一种做法，今后都不可能再有人能像我们今天这样在岛上自由自在，浑然忘我了。

第三部　河　流

弗洛伊德·多米尼在雪兰多山谷饲养肉牛。站在那里，一只手搭在栅栏上，他的眼睛审视自己的牧场。他看起来不怎么像弗吉尼亚人。中等的身高，体格粗壮，有点罗圈腿，看上去似乎刚跳下马背。他穿着蓝色牛仔裤，黑白相间的条纹衬衫，脚上的靴跟足有五厘米高。他的皮带扣是银制的，尺寸大到一张纸牌都盖不住。他系着一条窄领带，用一片动物骨头夹在衬衫上。他头上戴着一个白色牛仔帽。

三十五年了。当时多米尼是县府驻怀俄明东北部牧区的代理巡视员。他上任时的情况实在是糟透了。大萧条大干旱接踵而至，牧民生计无着。他们还不至于饿肚子——有足够的羚羊和野鹿可供猎杀食用——但他们生计无着。牲畜形销骨立，唇舌发黑，成批死去：缺水。多米尼当时不仅是坎贝尔县的也是联邦政府的巡视员。他有权给每头肉牛支付八块钱：成千上万，成千上万，枯站在那里等死的肉牛。他要做的就是付上八块美金，把牛射死。

多米尼是在内布拉斯加州的一个农场出生的。在他整个青少年时期，他的家庭和周围的家庭谈论的主要内容就是天气。他们家住在西经一百度附近。这条线对美国历史发展无可比拟的重要意义在于，由此往西，就是大西部。西经一百度往东，有足够的降雨来支持农业，而往西，通常没有足够的降雨。1862 年自耕地权法案虽然做了诸多承诺，却没能考虑这个明显的事实。西经一百度东面的自耕家庭，拿到一块半平方公里的土地，在法律的支持下，一般都能实现自己的梦想。而往西，自然肆虐的机会就要高得多。除了个别地区外，西面没有足够的雨水。在那个年代，西经一百度直至落基山脉之间的整个地区，被称为美国大沙漠。更不要谈那些几乎滴雨不至的山中盆地了。

在这片由祖父在 1870 年代分得的农场上长大，多米尼看到最多的就是，青青苍穹之下，才华和精力一代又一代的被无谓的浪费。情况常常是在两可之间。有些年份，降雨超过五十厘米，收成丰硕。其他年份，这个数字降至十以下，生活充满悲哀，家里没钱买衣服，甚至没有足够的食物。最终，由于地下水的开发利用，这种极端的不确定性才得以排除。在当时这叫做水源回收——把水都储存起来，用于灌溉。多米尼十八岁时，每星期日要做的一件大事就是跳上福特车上那个叽嘎作响的座位，去看新建的大坝。他把水库和灌溉工程项目的照片放在他的相册里。（“作为一个旱地农民，看到水沿着沟渠流向农田，这情景令人印象深刻。”）最终，他开始相信，从某种意义上说，没有水源回收就没有大西部。

在怀俄明州的坎贝尔县，情况甚至还谈不上两可之间。那是干燥的高原。只适用于散放畜牧，而不是农业。即使是在最好的年头，降雨也只有大约三十五厘米。“冰雪融化时，河床里还会有水流过，平时，全部河底朝天。这个县区是世界上河流最多而河水最少，城镇最多而居民最少，母牛最多而产奶最少的县府。”放眼望去，无边无沿的田野把人带入某种超现实的空间。那些或平或尖的山丘，一直散布到目光难及之处，恰如一副巨大棋盘上的棋子。成群的野鹿和羚羊在它们之间跑动。一些小丘顶上的墓穴，正是水牛猎人的最后归宿。地面上的牧草稀稀落落，半平方公里的牧场只够支持三头牲畜。然而，境内的土地都已经划分给个体农户。本地的自耕农既没能从联邦政府那里取得足够多的土地来放养足够数量的牲畜使自己成为自给自足的农场主，也没能从天上得到足够多的雨水来浇灌土地使自己成为真正的农民。他们是走一步退两步。然后，干旱降临了。

“大自然是一种绝无恻隐之心的动物。我见过那些人——心地善良的人们，勤劳，节俭，与肆虐无度的大自然赤手相搏。他们毁掉了自己的健康，可是，最终还是败在大自然的脚下。”等不及来自夏延州政府和华盛顿的指示，年轻的巡视员承担起了责任。既然农牧民自身解决不了，他，就要来克服这个困难。他最早是在雷克鲁兹那边奥德科文家的牧场里开始的。那边有一块浅凹地，有时会有一点点水流过。用一副四匹马拉动的弗雷斯诺爬犁，就是先民们使用的推土机，他填平了地上的沟壑——原先的水流就在这里蒸发渗漏得一干二净。他还把这些土堆延长，建起了向水面一比三坡度，背水面一比二坡度的标准地面水塘。牲畜还在不停地死去。但这个池塘也慢慢地装满了水。水塘还在，奥德科文牧场还在，牧民还在。

两年半来，多米尼与妻子和在襁褓中的女儿生活在离县城吉列五公里外的一个窑洞里。他们用煤油灯照明，用煤炉煮饭。生炉子的煤是多米尼自己在山边挖的。妻子用一块板来搓洗衣服。在气温只有零下四度的冬天，每天早晨起来，他首先会用破布和木棍蘸着煤油做一个火把，点着后放在车下。等到马达热起来能开动后，他就会驾着车去找那些农牧民，告诉他们政府的玉米-家猪限量计划（“华莱士商业部长要杀猪，让我们把猪价提起来”），小麦限产计划（面积控制），或者如何来造水塘。“坎贝尔县是我的领地。二十四岁时，我就已经是这片被上帝遗弃的土地的主人了。”他到过苏打井村，夜猫村，那些个相距遥远的、建在居民家里的邮政投递点，他在一个又一个县城里找那些农牧民。有一个叫犹太鬼杰克的酒馆，那里有一台从来都闲不下来的老虎机，墙上挂着麋鹿、梅花鹿、羚羊、大角羊头，瞪大眼睛看着他和他的子民。早上九点刚开门，他的靴子就搁上了吧台前的铜脚杆。在那个酒馆里，多米尼喝下了他成年的第一杯酒。当年的铜脚杆已经不见了——多米尼也不再过来——可是酒馆仍是酒馆，一成未变，男人们还是一到九点，就围坐在那里。

在多米尼屋子的后面有一座泛着棕黄色的小山丘，前面是一片苜蓿地。每到春天，成群的响尾蛇从小丘里出来，在屋子的周围乱窜，到了夏季，它们就到了苜蓿地里。9月，蛇又开始往山里汇拢。那时，正是院中的西红柿的成熟季节。每当要摘一批西红柿时，他就先得拿把锄头把西红柿藤下的响尾蛇清除掉。牧民们每天早上四点起床。有时多米尼要在他们的屋外摁喇叭把他们叫醒。他要把他们叫起来筑水塘——水塘，水塘，更多的水塘。“整个县里都给我搅起来了。我们动起来了！牲畜饮水的塘坝和水库的堤坝理应由林业局来验收的，可是鬼才知道他们什么时候来！我就不管那些细则规定，自动负起责任来。”牧场的面目改变了，水塘，像珍珠一样撒在草原上。多米尼和农牧民们在一年内修建了千把座水塘，当他们完成后，从犹太鬼杰克酒馆直到蒙大拿州境内，再也没有一头牛渴死了。“上帝，那一年我们在那个县里做的事比全国任何一个县都要多。牧场项目真的把我抬到了全国的舞台上。”

在环保人士的眼中，水坝都难免有些特别之处，特别——以环保而论——在于其冥冥之中有些不成比例的凶险。这个妖魔的最外层看来是一条灌满敌敌畏的护城河。里面一层是满是煤油、燃烧着的护城壕。再往里就是一圈大头别针，每个别针头上都布满了百万之众——再进入一层层的碾压方阵和狼牙锯片，才能到达地球地狱的绝对中心，正中矗立着一座大坝。大坝的影响远远超过了它在环境灾难规模中的真实水平。一般在没有像石油泄漏和造炼油中心之类的新闻时还能保持正常的环保分子，只要一想到水坝就会心智失常。环保运动是一种带点神秘气氛的宗教力量，他们对于水坝的过激反应很可能是由于河流是存在的终极象征，而水坝破坏了河流。这是对自然的侮辱，大坝是恶魔的实物化身。

“我憎恨任何水坝，无关尺寸，”布劳尔这样对他的听众说。

大厅后面的一个声音问道：“为什么你们环保分子不是反对这就是反对那?”

“有所弃才能有所取，”布劳尔直言相答，“反对水坝，正是为了保护河流。”

当布劳尔还是伯克利的一个小男孩时，他经常在加利福尼亚大学校园里的草莓小溪上搭建水坝。他用石块砌成拱形的水坝，凸面对着来水方向，形成一个蓄水池。造好后，他就会一脚把水坝踹倒，看着积起的水在草莓小溪中恢复原先自由流动时的模样。布劳尔出生的那年——1912 年——内华达州的塞拉山脉有一个叫赫奇赫奇的山谷，无论是形状、规模或是风光，都与约塞米蒂山谷不遑多让。两个山谷其实靠得很近，都在 1890 年设立的约塞米蒂国家公园之内。不过仅仅三十年——还在国家公园之内——赫奇赫奇的出口就被一座大坝堵上，整个山谷被尽数淹没。那座大坝是布劳尔六岁时建造的。他清清楚楚记得在他六岁生日的那天，就在赫奇赫奇脚下的山坡旁，听着大人们谈论围绕它命运所展开的战斗。那是一场如何来真正定义环境保护的战斗。它意味着是保持荒原的本来面貌，还是更明智地将土地用于他途？约翰·缪尔，环境保存主义者，青年塞拉俱乐部创始人，痛苦地打输了这场斗争，事实上，这也成了他一生中的最后一次战斗。这次事件，使得塞拉俱乐部一分为二。五十五年后的今天，塞拉俱乐部再次面临着内部分裂。战斗的结果，迫使其执行董事布劳尔辞职。当然，可以预见的是，布劳尔的反制措施就是一个新的组织，并以缪尔命名。

布劳尔离开塞拉俱乐部并创立缪尔研究所不久，我和他一起来到了赫奇赫奇。漫步在窄窄的围堰顶上。向一面看，远处下方的泄流孔像消防水枪一样在喷射，形成了图勒米河；另一面，花岗岩堤坝中的水库，水面清澈，泛着蓝光——游人只能默想被淹没的约塞米蒂风光。眼前所见无处不透着怪异和讽刺，抑或只是我个人的感受？离我们不远的南边，几座山峰的后面，就是约塞米蒂山谷本尊。那里游人摩肩接踵，车辆首尾相连，到处是人，成千上万的人。而这里，它自然的姐妹，却灌满了水。在赫奇赫奇，时间都静止了。一只野猫，在不远处走过坝顶，一副懒散不理人的样子，悠闲地走进了树丛。布劳尔——时年五十六岁，美国环保运动最强音，坚强斗士——在一片寂静中漫步坝顶。“当初建的时候没必要，现在仍无必要，”他说道，“我想看到它拆掉，看着大自然恢复。”

还在布劳尔成长为一个环保人士的年代，他那些最特别、最具戏剧性的个人成就，都与拟议中的水坝有关。去到呈阶梯形地貌的大西部各州，无数河流还在那些典型水库坝址处自由流动，那就是布劳尔之功——最明显的就要算那奔流在广袤贫瘠的旱地中的科罗拉多河了。只要对大西部的水文感兴趣，无论是谁，最终都会把眼光集中在科罗拉多河，暴躁不羁的河流，浪花裹着白沫，水声隆隆，纷纷向南——水头高低不一，水势时强时弱，与周边沙漠环境毫不协调。反观蛇河，三文鱼河，上哈得孙河——所有其他著名的白水河流，都没像科罗拉多河一样成为关注的焦点。虽然最近科罗拉多河的话题在某些场合不再那么热门（所谓最近，也是相对于过去四十年的大跨度时间而言），情况基本上还是如此。它流域的周围环境还是那么干燥，相对而言，怀俄明州中多米尼家所在的县，可称得上是热带雨林了。处于大盆地中的各州需要水。科罗拉多河里就有水。听熟了的当年那些西部水权争夺斗争——影星艾伦·拉德和杰克·帕兰斯在电影情节中是以枪战来决定荒漠野地中某个小河口的取水权的——可说都发轫于科罗拉多水域那些口耳相传的有关水权的掌故中。一个主要的文件叫做科罗拉多河协定。协定把大盆地一划为二，分界线就在犹他州和亚利桑那州附近。上游流域各州每年允许截取一定量的水，盆地下游的各州也能取大约相等份额。还有一些无偿地流入墨西哥。科罗拉多河点亮了洛杉矶城并让它充满活力。它还灌溉了亚利桑那州。这条河的奇特之处在于，经过一路扭曲挣扎，留下壮观景色，到最终竟变得籍籍无闻。河流在落基山脉中抬升，咆哮轰鸣着把峡谷抛在身后，沿途人类又竭其所用，在到达离源头两千两百公里的加利福尼亚湾时，它只剩下一涓细流，波澜不兴。干流和支流——绿河，扬帕河，埃斯卡兰特河，圣胡安河，小科罗拉多河——中的水量变化不定，涸盈之间，甚至带点诗情画意。一年一年间的过水量可相差六倍。而控制的方式，摆明在那里就是储存起来。这个目标，是在联邦垦务局拟订并管理的计划下完成的。垦务局在美国东部闻无所闻，在大西部，却是一个主要的监护机构，为三千万人送去光亮、水源和生计。没有它，我们的前院都将寸草不生。该局的大多数公务员都是西部人，来自干燥的高地以及大盆地沙漠。他们日常生活面临的问题，正是他们手头要解决的问题，他们充满使命感。垦务局的大多数员工——很可能就是九千员工的全部——都想把科罗拉多河变成一长串大水池，从落基山脉直到墨西哥边境，首尾相接，下一阶梯湖泊的源头，就是上一阶梯水库大坝的泄流孔。干流和支流早已被勘清摸透，大盆地中那些高质量、有潜力的水库坝址，也已选定，只等待爆破开挖，土方工程，水流改道。其中有三个坝址特别引人注目。一个是在犹他州和亚利桑那州附近的绿河和扬帕河的交汇处。另外两个是在亚利桑那州北部——在大峡谷内。还有第四个，如果它还只是一个坝址的话那一定会在这个名单上，但那儿已经造有一座大坝，就在亚利桑那州的尽北端，格伦峡谷中。布劳尔把格伦峡谷大坝视为他一生中最大的败笔。每次一想起它就会闷闷不乐，因为他确实相信，它的存在是他自己失误的结果。如果他更警觉一点，如果他为自己的使命准备得更为充分，大坝就不应存在。大坝是在1963年合拢的，它的上游三百公里，直至犹他州境内。水库叫鲍威尔湖，所淹没的大片农村布劳尔很晚才了解到。那儿他只去过一回——带着孩子沿河而行——那时大坝还未合拢，但水库在建，基本没遇到什么反对声。偶尔，作为在全国各地演讲时的内容，他会播放一段伤感的关于格伦峡谷的影片，“没有人知道的地方”。他解释说，这正是麻烦所在。格伦峡谷是美国最偏远的两三个地点之一——远离公路网，离靠得最近的火车线要有两百公里。画面中，两岸夹壁，一脉中流。两侧壁森窐幽，溪流把崖壁切割出一条条又深又窄的幽谷，即便在正午时置身其间，也如同在冬日的黄昏；清洌的飞泉溅落深渊，其旁蕨类蔓生。它们的名称或可反映神秘景色的一二：戈壁大教堂，峡谷迷宫，钟乐寺。所有这些金蓝相间的崖壁背景和处处浓淡不一的水帘挂毯，所有这些，现在全都深深的淹没在鲍威尔湖湖底。“没几个人知道这些峡谷，”布劳尔平静地说道，“再也没人会知道它们是什么样的了。”

尽管在犹他州一败涂地，如果环保运动要像英国人命名他们的将军一样来命名自己的英雄，那么布劳尔仍旧会被尊称为科罗拉多河布劳尔，大峡谷布劳尔。1950年代，身为塞拉俱乐部的第一执行董事，他进行了他的第一次大战——反对垦务局在绿河和扬帕河交汇处建造大坝。水库将淹没国家恐龙公园的大部分。在布劳尔的眼中，在塞拉俱乐部和环保运动一般群众的眼中，这使得国家公园系统的完整性受到了威胁。这场后来被称为恐龙之争的战斗是环保运动的一个里程碑。它本身也是半个世纪中环保所进行的最大的斗争——事实上，这是由建坝引起巨大争议并藉由讨论引致国家公园服务署在 1916 年成立后，赫奇赫奇水库之争以来的最大斗争。恐龙之争第一次让现代环保运动中的各种互不相关的利益为了共同的事业走到一起来了——运动员，生态学者，荒原保持分子，公园倡导者，等等等等。在把这些力量聚拢起来，组成统一战线，鼓舞士气的整个过程中，布劳尔比其他任何人起的作用都大。紧随着以审美观点为出发点的努力之后，布劳尔依据数据和事实同垦务局进行斗争。他挑战他们的工程师和地质学家有关该坝址坝基牢固的说法，并指出悬崖会崩裂从而引致巨大的、灾难性的溃坝，他还针对该局计划书中的数学模式仔细研究并找出令人尴尬的错误。而所有这些，更有公众造势运动的支持——付费广告，一部影片，还出版了一本书——就是要设立国家纪念碑，用来铭记那些具有文化、科学和自然景观意义但已被水淹没的地点。当局抱怨环保分子在夸大——断章取义、弯曲事实——但他们的抱怨十分苍白无力。环保分子把恐龙之争的胜利视为现代环保运动的起源——他们再也不是只能空谈梯田耕作法的等闲之辈了。转折点实肇于此。绿河和扬帕河交汇处没有任何大坝。如果不是布劳尔的努力，一座水库早就在此地生根了。垦务局公共关系处的一位官员在总结此事的来龙去脉后表示："他赢了。举手投降。"

可是，对环保阵营而言却从无胜利可言。布劳尔认为他不可能赢取任何胜利。今天，绿河和扬帕河交汇处是没有大坝，可是到2020年就难说了。“垦务局的工程师都是些河狸，见不得流动的水，”布劳尔这么说道。犹他州亚利桑那州一线以下，就是马堡峡，它是大峡谷的一部分，那边，也没有水库。事情过程都差不多。垦务局出文件造坝，万事俱备，只待落实。战斗发生了，布劳尔赢了，举手投降。大峡谷的另外一段是下格兰特峡，同样的道理，也没有大坝。这些大峡谷的战斗是最艰难的。垦务局认为，布劳尔是在利用夸张手法和大峡谷这个听起来有点儿神秘感的名字。据他们说，他曾经暗示，只要建大坝，整个大峡谷将变身为一个大澡堂子，站在南岸往北看，一片泽国，除了水，还是水。布劳尔久负盛名的广告宣传，也在这个阶段登峰造极。除了其他地方，他特别在《纽约时报》和《旧金山纪事报》上刊登了整版广告，通栏标题赫然其上：“我们是否把西斯廷教堂也淹了，让游客能就近观赏顶饰天花板?”在决定战斗最终命运的议会，抗议电信如雪片般飞来。垦务局高声喊冤，说他们仅仅计划淹没还不到布劳尔说的百分之一的地方。国内税务署也插手了。他们取消了向塞拉俱乐部捐款的抵税资格。所有向游说组织的捐款都不享有抵税资格，而广告也被认定为游说的一种方式。虽然塞拉俱乐部再也没能恢复捐款的抵税地位，但组织内部认为——无论是布劳尔的朋友还是仇敌——为了大峡谷，值了。大峡谷上没有一个大坝，垦务局私下也承认，在两代人的时间内，也不大可能有什么大坝了。垦务局内部，把高坝失利之事明白无误地归因于布劳尔。“他打败了我们。”“他真能鼓动人心。”“他单枪匹马赢了此局。”

与公众的假设相反，联邦政府中并非全是籍籍无名之辈——眼前就有一个与布劳尔斗狠的人，也是这些斗争中对方阵营的战将，为了他那唯一出路在于储水的坚定不移的信念，正鼓动部下，在联邦国会议事厅里，在大西部的峡谷地上，缠斗不息——他就是弗洛伊德·多米尼，联邦垦务局局长。

在哥伦比亚特区，在内政部如同蛛网般的大楼内部，在休闲渔业和野生动物局的楼上，在海水淡化办公室的后边，有一个走向复杂的过道，两旁挂着巨大的水坝壁画。这就是垦务局，而这些正是它的功勋碑：燃烧峡大坝，饿马坝，胡佛大坝，格伦峡谷大坝，福伦特大坝，沙斯塔坝，巴耶西托坝，大古力水坝。我还记得第一次看到这些壁画的情景。在这里，在温暖潮湿用热电供能的东部，这些壁画都带着点异国情调，但对于在过道尽头的那边，对在迷宫最靠里的那间办公室内就座的那位，就完全不是这种感觉了。白色牛仔帽放在靠近门口的桌子上。大班桌后端坐着局长大人，嘴里抽着一支大雪茄。“我是多米尼，”我们握手，“请坐。我是个公务员。我没有任何秘密。”

他穿着一件在华盛顿最普通不过的西装，但国会山典型的苍白并没有浮现在他的脸上——一双鹰隼般的眼睛，皮肤黝黑坚韧。他有着黑色的头发和宽阔的肩膀，他似乎有着强大的气场——一个比自己的身高和体重都要强大的男人，充满威严但并不拒人千里。“很多人都说我从来不见陌生人，”他说，“我其实喜欢和人打交道。我喜欢出租车司机，皮条客。他们各自有人生的目的。我也喜欢布劳尔，但我不认为他是个神圣的环境保护主义者，即便有那么多人都这么认为。我认为他只是一个自私的保存主义者，只为少数人。布劳尔对我恨得肝胆发痛。为什么呢？因为我生有一副好肝胆。我与布劳尔已经交手多年。”

在多米尼办公桌后面的书架上，在醒目的中央位置，就是常常会放些闪闪发光的奖杯之类的那个位置，放着一个推土机的比例模型。房间两旁的对面位置，是理查德·尼克松和胡佛大坝的画像。尼克松的面颊，在这种氛围中，似乎显得比本人更加外凸。看起来好像用它们就能挡住河水。看见我的注意力被这些照片吸引住，多米尼站了起来，穿过房间，带着崇敬和专注的神情站到了胡佛大坝的画像前。他开口道：“我们建造大坝之时，我们，我们美国人，就是在一条大江上造高坝的第一人。”他说他还像记得自己的生日那样记得第一次见到它的确切日期，当时称为博尔德水坝。他从怀俄明州坎贝尔县请了假和妻子一起驱车直奔西南，并在1937年1月2日，到达亚利桑那州与内华达州边界，在他下坡向科罗拉多峡谷行驶的道上，在一个公路转弯处，看到了大坝的第一眼。“就是它，”他说，一边看着他办公室里的画像，“这是世界上第一次给一条大河加了一个栓塞。埃及王子约瑟夫学会了为荒年储存食物，而我们在大西部学会了储存水。”他接着说，他确信——至少在下意识里——他的职业生涯的目标在那一刻形成了。他是通过建造两米高的水坝起步的，他有一天要建造两百米高的大坝。

那个多米尼在他家的草场上造了第一个水坝的牧民奥德科文快八十岁了。高高的个子，微微有些前倾。他住的那幢原木屋子就建在牧场上，那还是他二十岁时分到的地。我到县里去的时候见过他一回。我们坐在他家的客厅里闲聊。墙上有两张大照片，一张是耶稣基督的，另一张就是经常能在挂历上见到的怀俄明州杰克森洞的漂亮湖泊，背后是高耸的提顿山脉。这就是垦务局建造的杰克森湖。“多米尼一来这里，局面就控制住了，”奥德科文说道，“真不愿他离开。他们要调他到华盛顿去，做那个什么水利设施项目，我就叫他去，那可是当官。这孩子爬得快。”

多米尼的官当得很稳，成为内政部里任期最长的局长。他是由艾森豪威尔总统任命的。他对办公室文化适应掌握得炉火纯青，也就一直能保住自己的位置——“全在时任总统是否满意，也没任期限制”——经历两届民主党政府后，用他的话来说现在是个“跟着尼克松总统拎拎水泥桶的小工”。他做了个鬼脸，一屁股坐在桌子边上，朗声谈起他的生存之道：“只要是我能决定，我就不会做违背我意志的事。”他学会了如何把新主意灌输到参议员和众议员的脑子里（“阁下，根据您以往的言论，我们想……”），在什么时候是温顺猫，什么时候又是一跃而上的老虎（“有时我会说：‘去你妈的，滚！’一般的官员都会极不自在，我才不在乎。没有任何一个议员能迫使我为他火中取栗。在政府工作，除非我感到对我有利，我从未憋屈。”)。他反对在育空河上建兰帕特大坝，争辩说这远超阿拉斯加在可见未来的实际所需，并提供了关键证词。兰帕特大坝将淹没相当于伊利湖那样大的面积，由于多米尼的证词才使计划流产。他还主张他那些大坝往外的输电线路应由联邦政府出资，而不应放给私人资本，并由此触动了几个州参众议员的利益。“多年来，我一直是个充满争议的恶棍，”他一边解释，一边又点起了一根雪茄。多米尼对工作得心应手，掌控两亿四千五百万美金的预算对他而言不过是驾驶一辆大巴开了快点而已。他把局里的编制从一万七千人削减到一万人。当然还有大坝，他建造了许多大坝。在办公室的墙上也有多米尼自己的一张画像——是一张他的脸在一滴大水珠中的速写。在这个什么都喜欢用缩写的年代，弗洛伊德·多米尼的谐音正是“弗总”，大概也不全都是巧合吧！

多米尼打开投影仪，播放了某部影片中的几段。这部影片是针对塞拉俱乐部的那部为鲍威尔湖下淹没的峡谷区大唱挽歌的影片而拍摄的。多米尼影片的名字就叫“鲍威尔湖，科罗拉多河上璀璨的明珠”，航拍的镜头下，蔚蓝的湖滩深深探入红土地。雄浑的画外音响起：“流过山石沙漠，悬崖深谷，流过烈日炙烤的千仞戈壁，来了，科罗拉多河。在奔向大海的途中，她在此地驻足歇息。”游人的滑板在湖面上划出条条白练。

“谈到环境，许多人都立刻想到人迹罕至的深山老林，”

多米尼这样评论，“环境保存团体指责我们摧毁了这个地区，就是因为我们让大家都能够来到这里。现在，每年有六十万人来此游玩。”

一位穿着血红外衣的印第安人骑着马进入了画面。旁白骤然而起：“自从鲍威尔湖到访他的家园，祖辈的生活方式如今更为丰富多彩。”

“说得好，”多米尼接嘴说道，“现在大家能钓鱼，游泳，玩滑板，日光浴。想想看，带着一家人远离城市的喧嚣，到这儿来度个周末如何？可是布劳尔先生却说是我们把它给毁了。”

“峡谷地处深山，荒凉偏僻，外界闻所未闻，”旁白话音一转，“直至今天”——此时格伦峡谷的暗红崖壁充满整个画面，突然一声轰鸣，崖壁瞬间裂为碎石，烟尘四起。他揿了一个按键。推土机隆隆而过，新路向前延伸，数万辆卡车往返奔驰。画面切换到了十年后的水库揭幕仪式上，约翰逊总统夫人的声音在整个房间里回荡：“我十分高兴能为这样一个意义重大、摄人心魄的人造资源揭幕。这是全人类的成就。我十分自豪。”

随着总统夫人画面隐去，多米尼向银幕方向喷了一口烟。“制作这类影片十分必要，就是因为有那么一些人想让所有的山川森林都原封不动，”他说道，“他们不顾事实，一味挑动感性情绪。”

更多的水库的全景画面，深蓝的水面，波澜不兴。湖水轻轻地拍打着花岗岩的大坝。一架飞机出现在湖面上——那种双引擎的货运飞机。“看这个，”多米尼说着，“仔细看。”飞机的后面似乎喷出了一条尾气——长长的云雾一般，在空中散开。“鲑鱼!”多米尼高声说道，“鲑鱼！这些都是鲑鱼苗。我们就是这样放养的。”

一连串的画面展现了好几个部分注水的横向的峡谷——遗忘谷，瀑布峡，反射峡，神秘谷——人们在水中游泳，岸上野营，篝火旁，歌声缭绕。“在这片土地上，每个人都要找到生活的意义，”画外音充满激情，“科罗拉多河上的明珠，鲍威尔湖，给了我们这样的可能。”

“垦务局是让水在各个方面为人服务的老大——灌溉，水利，防洪，游乐，”多米尼说着打开了电灯。“我们应该利用我们的环境。我们活着的每一天，大自然都在改变环境，我们为什么就不能改变它呢？我们是大自然的一部分。给你打个比方，我们在落基山造云以增加降雪。我们在大陆分水岭下开挖隧道把水导向太平洋，不然这些水都会流向大西洋的。我们面对的挑战是做正确的事，留下好的东西，同时还得允许人们继续创造前进。水力发电既不污染水源又不污染空气。我的大坝没有污染。未经调节的科罗拉多河是个他妈的孙子，一点也不好，不是洪水就是没水。除了我们的水库带来的经济效益外，我们还调节了科罗拉多河，我们改造出来的这条河才是布劳尔们梦寐以求的河流。谁才是环境保护者——实干家，还是环境保存分子？我才不会理那些保存分子。我不会理布劳尔，这该死的家伙荒谬透顶，甚至没法和他说理。我在芝加哥和他争过一次，他吓得发抖。在国会山的一次听证会后，我指出他在歪曲事实，他回答说：‘兵不厌诈。’我的天哪！还有，另外一次听证会后，我告诉他，他那是在胡言乱语，我希望有一天能带他看一看，希望有一天他能来大峡谷。他回答说：‘这样吧，你少说几句，我可能会考虑。’我在谢南多厄牧场有一头阉公牛倒是挺像布劳尔的。连续两年我们都没办法把它弄到卡车上运到牛市去。它是个独来独往的混蛋，谁也控制不住。这狗娘养的好不容易搞上卡车，把斜槽撞坏跳下就跑了。最后我就在那儿把它养肥了，在那儿把它宰了，就在牧场上。对着脑门就是一枪，亲手把它剁了。只有这样才能搞掉它。”

“局长先生，”我说道，“如果布劳尔到科罗拉多河来乘橡皮筏子游河，你愿意一起去吗?”

“妈的，行，”他答道，“行。”

130界碑。此处的河水十分平稳，还有三百米平稳的水面，然后会有一个急滩。现在气温是三十二度多点，空气十分干燥，过个急滩还让人舒服点。多米尼和布劳尔喝着啤酒。他们现在有了例行动作：每天总有那么一回要吵得不可开交，其他时间还是哥俩好。

多米尼戴着一顶有金色麦穗饰边的蓝色航海帽。帽舌上有一行金色的字“鲍威尔湖”。他的皮肤带着绛红色，鼻子上有些皮屑。他穿着软皮便鞋，旧的厚棉布的衬衫依稀可看出当时的深色格纹，系长裤的银质皮带搭扣足足有四两重。他随身带着几个小包和一个大型的皮质公文箱。公文箱面上，赫然印着垦务局的大公章——冰雪封顶的山脉、水库、大坝和人工灌溉的农田，所有这些，都被围在一个大大的水滴状的外框内。多米尼正在讨论水电的多重优势，它的即时性（“无论什么时候想要，合上开关就成”），绝无污染。

“来吧，布劳尔，说实话，”他说，“从自然资源保护论者的观点来看，最好的电力来源是什么？”

“手电筒电池，”布劳尔答道。

布劳尔穿着一件旧格子衬衫，带点橙色，但已经褪色了。他穿着短裤和跑鞋。他的脸上和腿上的皮肤红通通的。在室内连轴转的工作，已经太长时间没晒太阳了。他的头上用一块四角打结在河水里浸湿的手帕来遮阳，其实，他那头李尔王式的大波浪长发已经提供足够的保护了。他的行装很简便。一个六寸来宽尺把长的桶包——游河的标配——装着他所有的随身物品，包括那个他随处都带着的塞拉俱乐部的水杯。

多米尼和布劳尔都有点在别苗头。这一类的远足活动都是十几个人一个筏子，到现在，所有的乘客都明白环保分子和局长之间的不同了。其他人大多来自亚利桑那州和内华达州——教师，几个学生，还有一些卫生部的官员。大致来说，我感到多米尼到目前为止稍占上风。布劳尔有些腼腆，说话轻声轻气。多米尼是高声谈论，满面春风。

在这片干燥的红土荒原上，一罐罐的啤酒被叫做三明治。没人感到奇怪，也从来不问为什么。他们就是这样一声吆喝：“三明治来了，接住!”一罐库尔斯就在空中飞驰而来。他们接住罐啤，打开就喝，他们把开罐的拉环塞到啤酒罐里。我把一个拉环扔到了河里，引来一片嘘声。无论什么碎屑垃圾都不能留在峡谷里。空罐空瓶，诸如此类，都要放进废物袋中随船带走。啤酒、可乐和无糖饮料都放在一个麻袋里，系在船尾。经过湍流滩时麻袋就拉到船上，一般就拖在水里。

除了其他部件，皮筏子主要是由两个十米长合成橡胶的“大香蕉”浮筒组成。在两个浮筒中间，绑定一个驳船，既有整体结构的牢固，又有横向纵向的伸缩性。河水有时漫过船体，但这恰恰是船体稳定性的反映，而没有任何即时的危险。筏子并不是严格意义上的船，都是塑胶部件。正是由于它刚性不足，才使它十分安全。

这儿是封闭的荒原。两三百里范围内只有这么几条小道，除此而外，就只有河上的筏子才能进出。有机会从这样的角度来观察峡谷，我想其他方式大概都没这么有趣了。偶尔，我们也有机会看一眼山巅的轮廓。它们就在我们头上两公里处，间隔着二十公里的大河。崖壁上色彩分明的岩层，向人们叙说着开辟鸿蒙以来的演变——在最高处是亚白色的石灰岩和二叠纪的褐红色化石页岩，往下是古爬行动物时代的红砂岩，再往下是与远古森林同期的枫红岩体。几百米厚的石灰岩红墙，在地下水的侵蚀下十分脆弱，在峡谷中风力的回旋撞击下，形成了形态各异的红色塔座、鼓山、柱山、大溶洞、拱门和各种山洞。地下水在风干的岩体层隙中流过几百公里，终于破石而出，或分成几段，或一注直下，汇入峡谷之中。我们现在就是在看着这样一挂瀑布，高挂于红墙之上，后面的岩体时隐时现。瀑布背后，有些带绿的和淡红色的岩墙，它们是在大洋的巨大重力下迫压成形的，其年代应该就是在海洋本身为陆地献上它的第一批动物——两栖动物之时。在粉绿相间的岩层下方，是灰绿色的页岩和深褐色的砂岩——光明天使页岩，塔辟砂岩——那都是在海洋生物第一次种群大迸发之时，千浔海水之下慢慢沉淀形成的。塔辟海把岩石挤压成形，河流又把它们切割，形成峡谷。塔辟砂岩是古生代前期的岩体，在它胸前，就是那万山拱绕、峡谷相持的中心，开山劈石的源动力，科罗拉多河。远古的岩壁夹岸而待：巴斯层岩泛着淡淡锈色，毗湿奴片岩幼滑黯黑，琐罗亚斯德花岗岩深褐持重。在它们的怀抱中，就在我们的眼前，它咆哮奔腾一往无前，见证身旁的史前记录。往古矜持沉默，现今喧嚣欢腾。

布劳尔曲起双腿，紧紧地抓着浮桶上的安全绳。他说："真是一条生命之河！它的声音是多么美妙！几乎可以听到它在劈岩割石。"

多米尼把他那顶鲍威尔湖帽拉下，紧紧地捂住耳朵。这类言论他听得多了。布劳尔的意思是说它现在正在创造着更深邃、更壮观的大峡谷，要在这里筑坝截流，终止这个神圣的造山运动，那简直是亵渎神明。多米尼开口言道："布劳尔，我想大多数人都会同意大峡谷并不是靠这条河的一己之力造成的。”

布劳尔全神贯注前方的湍流急滩，没有回应。处身于这个静谧的山谷回廊中，在远处就能听到湍流的回声。通常这类湍流瀑布都是在冲挤过坚硬的岩石段后冲过较为疏松的岩块时才形成的。大峡谷的情况却是不同，湍流常在支流入口处形成。虽然这些小溪常年断流，但它们的河床陡峭，一到丰水季节，溪流陡涨，万马奔腾，冲击两岸，向科罗拉多河内灌入大量岩屑：河沙卵石，花岗石块。这些碎石形成滩堤，抬高上游水位。行到此地，河水异常平静——甚至可说它更像一片湖泊——然后它淌过碎石段，冲过大块岩石的间隙，陡然下落，回声轰然。这才是大峡谷的湍流滩，全线共有一百六十一处。有些是突然形成的。1966 年，超大量的降雨集中在北缘的一小片地区，使得水晶溪洪水暴涨，数百吨的岩石一下子倾泻在该河的一百六十公里处，水晶滩不日而成——这也是科罗拉多河上几个大落差湍流滩中的一个。在罕见的情况下，正如我们正在快速接近的那个湍流滩，河水冲击，剥露出前寒武纪时代的坚硬岩层，这些无比坚硬的岩石段，正是使得此处河水咆哮不安的因素之一。轰鸣声已在耳边。前锋涌起的驻波看上去更像一个个水泥墩。多米尼嘴中吐出一声牛仔呼啸。我把笔记装进了一个橡胶袋，用绳拴着。垫床石湍流滩到了。

我们忽上忽下，俯冲爬刀。水花四溅，左右颠簸。筏子随水流扭曲变形。过滩时我们全部浑身湿透。可是现在，只不过五分钟，我们又干爽暖和，一如穿着刚从烘干机中出来的衣裤一样。不仅如此，我们还惬意地喝着我们的“三明治”。

我们有一幅二十厘米宽十五米长的地图。它平时卷成一卷，是精心手工绘制的科罗拉多河在大峡谷中的各个历史片段和形象。河流的界碑从帕里亚河汇入科罗拉多河处算起，就在犹他州界南边——地理学家都把此地看成是大峡谷的起点。随着地图的展开，上面记录着逝者的姓名。“汉斯布鲁，淹毙的两人之一，39 公里，太纳湍流滩，1889……洛珀意识昏乱，失踪，39 公里，1949……发现童军尸体，垒石而掩，70 公里，1951……89 公里，罗默淹殁，1948。”已知的第一次漂流探险是 1869 年，紧随着就是第二次——都由卫斯理·鲍威尔将军进行——不过即便到了 1946 年，沿河流经过整个大峡谷的也不过百人。只是随着氯丁橡胶筏的推广——第二次世界大战留存军用品——才使这个数目有所上升。1960 年代每年大约有五百人经此通行，目前也不过千人。

“只要把所有带进来的东西都拿走，我们就不会伤害到大峡谷。”布劳尔继续道，“最高原则：‘不要留下任何东西——水坝也不行。’”

多米尼没听到这话。他正忙着和一位凤凰城来的年轻漂亮的体育老师闲谈，他说他是怀俄明大学冰上曲棍球队的队长，能连续打六十分钟一场的比赛。“我喜欢速度。我喜欢肢体相撞。我发明了一种短线球，守方根本挡不住。”

多米尼六十多了，打算提早退休。不过他看上去不过五十而已。一点也不难想象他在冰球场上只身入敌的英姿：把丹佛紫衣队的球员在挡板上撞成一摊稀泥，在对方地盘上左冲右突，骤然发力，一击入网。他有一次就是这么干的。他说会干的事他一定干得出。我想，就在今天，现在，在科罗拉多河上，他正在证明这一点。他可能是个田径运动员，但他并不会游泳。狗爬式也不会。就是金鱼池他也游不过。又到了我们把东西扎紧，全神贯注的时候了。在过垫床石湍流滩时湿透的衣服才干不久，越来越响的声音提示着杜本道夫湍流就在眼前了——官方指引为“急滩危险”，这是峡谷中最难过的险滩之一。每当要过湍流滩时，布劳尔就会沉默下来。现在他一声不响。他也说明自己游泳并不好。我们都穿上了救生衣，但看上去这些救生衣在湍流中能起到的作用，不会比用它们来挡子弹的作用强。这么说也不完全对。极少的情况下，这些橡皮筏也会翻船，一旦它们真的翻了，那全船的游客都在湍流滩的下游载沉载浮，活像散在水面上的一把软木瓶塞。在 1909 年，杜本道夫先生就是在开展加洛韦-斯东探险时在此地遇险的。地图上都标得清清楚楚。就在前方，有两个相距五十米的巨大岩槽在南岸的崖壁旁，这就是加洛韦谷和斯东谷。在这个季节，两个岩槽内并无河水流出，但它们都被大河冲下了大量的碎石，各自都形成了湍流滩，上下一体，就组成了杜本道夫湍流急滩。在我们正前方两公里开外，高高地衬着蓝天，是一面十分壮观的红岩石壁。科罗拉多河在它的左下方一下消失了。巨大的石壁当道而立，似乎在提示无论什么力量都不能动它分毫。而我们的橡皮筏正对着它向前漂流，石壁下，一片泡沫水雾。

最后的五十米皮筏似乎在加速。一直到那隆隆水声发出的山脚前，水面都是静如镜面。物品都扎紧了，人们甚至把头上遮阳的帽子和手绢都拿了下来系到了皮筏上。每一个人都双手紧紧握住安全索——每一个人，除了多米尼。他在兴奋地大笑，不时像牛仔一样放声一吼。还有十米，他点起了一根雪茄。

说到在湍流滩有前加速的感觉，其实就带有一点迷惑性。湍流滩本身就不是一个恰当的名字，它是指与滩前滩后的平静水面比较，湍流滩的水速要快。白浪翻滚的水速是要快一些，但远未到“湍急”。科罗拉多河，平时水波不兴，流速约每小时十五公里，而白浪翻滚处，不过是二十二公里的模样，最急的，有时能达到三十公里——在20世纪环境中，实在是谈不上一个“湍急”。名称中的湍、急等字眼，在大家脑海中造成了虚假的形象。而眼前河水漫过石面的景象——白浪翻滚，水雾四射，更加引出了某种马上就要粉身碎骨的想象，湍急的名字似乎又是恰到好处。身历其境，你会感到自己像是要被吸进某种无形的气流通道，像一颗子弹一般射向遥远的前方。湍流虽然比其他河段稍快，整体而言还是速度较慢的。沿科罗拉多河冲滩，只是一系列短短的惊奇，因为湍流滩本身都是距离很短的。涌浪在湍流滩处把皮筏推挤拉伸，激起的浪花水流把人们的眼前四周遮成一片水的世界，其实，都不过是慢镜头拍摄的惊怵场面。你自己的意识把这个过程吸收得更慢。你一冲向下，恍如梦中；又慢慢抬高；再次掉入谷底。在涌浪的冲击下，皮筏抖个不停，似乎随时都要葬身水底。在那里，时间和空间的维度与平时大相径庭。大片的水浪从上方砸泻而下，流遍人们周身；而时间，在此刻也停滞不前。

经过杜本道夫湍流滩后，多米尼像是当天的英雄。由于有两条溪流带来碎石，杜本道夫全长要有近三百米——对大峡谷而言，已是一个很长的湍流滩了。无论浪尖谷底，无论左摇右晃，多米尼的雪茄始终点着。这个绝技，与一只蜜蜂飞过扬谷场上空的漫天谷粒而丝毫无损有的一比。多米尼的衬衫湿透了。他的裤子也湿透了。而整个过程中，雪茄头上的火光，却在一片水滴中机警的捕捉着间隙和空气，始终萤萤闪亮。说真的，这只不过是幸运，他自己也知道。“好运多米尼，”到了水面恢复平静后他这样告诉我们，“这就是为什么大家都叫我好运多米尼。”皮筏上所有的游客都一起鼓掌尖叫。他深深地吸了一口雪茄，烟雾在他脸前缭绕。

现在我们就在石壁的脚下。布劳尔默默地注视着它，好一会儿，他才轻声地，似乎自言自语地诵读起才女艾迪丝·华纳的诗句：“此时此地，周遭万物，心中一念，臻于恒静——只有河流，潆洄石壁。”

几头野驴站在崖壁上，从上面俯视着我们，它们在右面。所有的野驴都在右边。左边都是大角羊。管它呢，还有谁管它们站哪里？已经到了一天中最为美好的下午时光。周围的一切，色彩分明，空气柔和清新。

布劳尔开口了："仔细看那边的光环，多米尼。仙人球边上的光环，真是灿烂。"

"太妙了，"多米尼应道。

河水愈加宽浅。我们到达了今晚的宿营地，崖壁的极高处，一注山泉破岩而出。这里就是鹿溪瀑。鹿溪瀑高高在上，泉柱落到河岸崖脚下时，早就化为气雾，毫无声息地融入脚下深池的水面上。营地建在对岸。布劳尔用他的塞拉俱乐部的水杯舀了半杯水，把它当作水平尺来丈量对岸的瀑布高度。他用的量尺就是自己到眼睛水平面的身高。他一面沿着我们身后的斜石坡艰难地往上爬，一面沿着杯口观察并记录下数字。慢慢地，他就爬到了大概是对岸山泉水头的高度，他在乱石中的身形已是十分瘦小。他高声喊着，告诉大家瀑布的高度是五十米。我们把皮筏当作渡船，花了个把小时来到了对岸，现在正站在清凉的水雾中。水雾激荡着空气，在潭面回荡。我们爬到了山泉的上方，沿着崖壁往里走了一段。溪流已经在砂岩中刻勒出一道深深的沟隙，足足有几十米。两壁夹立，底下溪流震耳欲聋。布劳尔沿着一条突出的石脊——有些地方不过是尺把宽而已——往前走，就像走在草坪的小径上。在起头处，石脊大概要高于溪流十五六米。越往里，溪流的河床就越高，石脊与溪流逐步靠拢。布劳尔轻松地往前走着，对令人眩晕的高度似乎毫无所觉。在这感觉怪异的石壁窄道中，竟然有一只蝴蝶拍翅飞过。布劳尔一边目不转睛地盯着蝴蝶，一边毫不减速地轻快向前。“总督金蝶，”他告诉大家。

我对这一类地点内心还是很有恐惧的，加上我的双腿冰冷，感觉不到脚底下的石面。我提议，大家就地等一下多米尼，他走得比大家晚，只是说他会赶上的。这大概能让大家休息一阵子。很明显，在多米尼的家乡，最窄的山脊也要半里宽，到这种地方，他大概早已是手脚并用了。正这样想着，从一块大岩石后面转出来的正是多米尼，他一面沿着岩面保持着平衡，一面轻快地吹着口哨。我们继续向前。山脊和泉流交汇的地段，峡谷渐开，溪水清澈见底，顺级而下，野生仙人掌、盘莲、三叶杨，随处可见。在一片常年干旱的红岩区，能见到这种风景，不能不说是个难得的奇迹。布劳尔蹚入溪中，静静地观察着四周的景色。几米远处的多米尼拿出了他的搪瓷杯，舀了一杯水。他一面把水杯举向嘴边，一边说道：“我就要来喝布劳尔的洗脚水了。”

溪水冰凉清冽，布劳尔用他那塞拉俱乐部的水杯也舀了点喝了起来。他一边喝，一边说着：“在野外这种地方，任何水源的质量都非常好。而在人类不为了一己之私把它储存起来的地方，水质更是甘美。”

水芥菜长在溪流台级的两旁——水芥菜为凉水性植物，正生长在这方圆千里、烈日炙烤的戈壁中。布劳尔采了几棵拿在手中。小昆虫爬满菜叶。他小心地挑选着叶片，抖落昆虫，放入嘴中咀嚼。“我不在乎和昆虫分享菜叶，”他说，

“希望它们也不要在意。”

布劳尔的小吃吸引了多米尼。他也蹚水走了过去，采了两大把水芥菜，菜叶昆虫，一股脑儿地放入嘴中大嚼。“天堂，”他看看四周，“就是天堂。”

藏在水芥丛下，有一只百威啤酒的铝罐在水中暗暗闪光。布劳尔弯腰把它捡了起来，倒空水，放入自己的口袋。

“只要一有人来，你就完了，”多米尼这样说着，布劳尔半是赞赏半是疑惑地看着他。

多米尼的大皮包里有一瓶比姆波旁威士忌。现在，暮色四合，太阳早已落在了山后，我们坐在营地上，就要来享用我们每天的配额——但不用担心，多米尼一直是个慷慨的人。晚饭后，如果不出意外，他和布劳尔还有一架要吵，但当下，两人相安无事，等着享用波旁威士忌。大块的牛排已经准备妥当，只等炭火稍熄后炙烤。峡谷中出奇地寂静。局长先生走到溪边舀起了半杯水，然后他把威士忌倒了进去。“本人是国家的水童，”他说道，“我的波旁得加水。”

品啜着波旁酒，他讲述了他曾经训练过一条德国牧羊犬来爬梯子。我们都相信他所说的。然后他又沉浸在早年和他的太太艾丽斯一起野营的经历。他们结婚时还不到二十。他已经是共济会德莫雷男生国际的州大队长，而她正是女生国际的队长。他们背着人结了婚，随后她就跟他去了怀俄明州立大学。“有爱饮水饱，”他这样解释，“我们唯一的休闲活动就是野营。我们到过雪山和拉勒米峰周围的乡村。那里除了响尾蛇和蜱虱就是我们俩了。一到冬天，我们就得从山上拉木头下来烧火取暖。”

桑德森，就是那位组织了这次探险活动的科罗拉多河的导游，叫大家都去吃晚饭。他给每人烤了一整块牛腰排，我们都用桑德森带来的大塑料盘来盛牛排。布劳尔一直把眼光看着别处，避免和这叠塑料盘接触。轮到他时，他上前一步，递上了他的塞拉俱乐部的水杯来盛牛排。桑德森体型瘦长，俊朗结实，脸上带着久在野外的沧桑。在这条河上，他也算是见多识广。站在他面前的男人，银发蓬松，皮肤发红，递出一个不过十厘米的水杯来接整块的腰排。科罗拉多河上的湍流滩都没能让桑德森眨眼，这算什么？他把牛排盖在水杯口上。这活像让水杯戴了一个大大的太阳帽。布劳尔开始用一把小刀从边上切下牛肉来吃。在野外，布劳尔除了塞拉俱乐部的水杯，从来不用其他东西盛食物。

十点了。月亮浮出山巅，清光洒满峡谷。布劳尔和多米尼都躺下了。多米尼晚上会打呼噜。刚要开始打他的呼噜，他抬头望了望月亮，开口说道：“到那里去有什么意思？就整个都是金子做的，也不值得到那里去拿。二百三十亿美元，换来几次月面着陆。我看不到有什么理由来说服我自己。有个一次还说得过去，五六次，绝对没必要。每当他们在卡纳维拉尔角点上一个罗马大炮仗，就会从其他项目上敲掉四个亿，水储存项目等等，都是要花钱的。”

今晚的争议是有关淤积。布劳尔吃完后，他望着和对岸飞溅而下的鹿溪瀑，用每个人都能听得到的声音朗声宣布，多米尼局长要做的就是把这里的景致用土石填满，河床，我们坐着的河岸，都填满，并把科罗拉多河的上段填满，一直要填到离瀑布上沿五十米以内的高度。

“真是一派胡言，”多米尼说道。

布劳尔用平静的声调继续解释，河流都会有泥沙，一旦造了一座水坝，这些泥沙总会在一定的位置沉积下来。它们首先会在河流进入静水区的水库入口位置沉淀堆积。日复一日，它们不仅会堆满整个水库，还会由入口处向上游延伸扩展。这很可能就是鹿溪瀑日后的情景，因为多米尼要在离这里不过十公里的下游造他的水库大坝。

“他们曾经说过胡佛大坝三十年就会把整个米德湖堆满泥沙，”多米尼说道，“早就三十年了，米德湖容纳了所有科罗拉多河冲下来的倒霉泥沙，而胡佛大坝都没修过一次。”

“是没有。但米德湖水位低时，上游的沉积平原达到六十五公里，并且，还在不停地扩大。”

“没法相比。鲍威尔湖上游达五百公里，没法相比。”

“情况相同，鲍威尔湖会积满的。”

“什么时候，你说，什么时候？”多米尼差不多在叫了。

“一百到两百年，”布劳尔仍然平静地回答。

“瞎扯！你说的数据都是靠不住的。”

“那可都是靠得住的人说的。”

“扯淡。”

“喔。”

布劳尔告诉大家，科罗拉多河过去叫做老红河。因为它的河水中满是红泥沙。除非愿意喝泥汤，多米尼是不可能从科罗拉多河里舀出水来兑着波旁喝的。每到一处宿营地，河工就会把他们的船灌满水，让泥浆沉淀在船底，他们才能用清水煮饭和饮用。现在，除了有洪水下来，大峡谷河段的科罗拉多河是绿色的，还算清爽，那是因为鲍威尔湖挡住了泥沙，而格伦峡谷大坝——大峡谷再往上二十五公里——在释放清水。“就心理而言，我们只能看到上两代和下两代的事，”布劳尔继续谈道，“我们得看得更远一些。举例来说，这已无可避免，有一天鲍威尔湖和米德湖将被泥沙彻底淤塞。”

“扯淡，扯淡，瞎扯淡。首先，我们会在来水支流上建造拦沙坝——帕里亚河，小科罗拉多河，都要造。如确有需要，我们还会造更多。”

“总有一天水库会积满的，老兄。”

“我不接受。我不接受！”

“总有一天的。”

“总有一天！是，如果我们用地质纪年来算，可能总会有那么一天。鲍威尔湖总有一天会积满泥沙。我可说不上这要过几千年。到了那时，我们早就找出其他用水和发电的方法了。如果你总是用地质纪年来说事，我就这样回答。”

布劳尔随后给大家简单地上了一课介绍了加积现象——这是水库淤积满后糟糕现象的专用名词。泥沙随着河流下来，加积就发生了。泥沙沉积下来，并用一种可说是反渗的方式，向上游推展出许多公里，并且，加积平原还会以每公里零点三米的坡度向上游越堆越高——这是从那些现在已淤塞弃用的水坝上得出的数据。

布劳尔还没有把他的示意图画到一半，多米尼嘴里嘟哝了几声走开了，他穿上了睡衣，对着天边的月亮又骂了几声太空计划，然后，不再管布劳尔和那些多年后的沉积问题，安然入睡了。他仰天而卧，两脚叉开，就在土丘底下睡着了。

清晨五点。天空蔚蓝一片。气温是二十七度。布劳尔还睡着，双膝蜷拢。

清晨七点。气温三十一度。我们马上又要回到河上。多米尼正在科罗拉多河边刷牙。比奇，那个纽约怀特普朗斯区来的大胡子男人，踱步来到多米尼身边："我见到上帝在今晨，在此地，给了我们干净的湖水。"

"谢谢你这么说，"多米尼答道。

布劳尔接嘴对着比奇说："我想，这应该是你第一次听到他讲话吧。"

比奇："上帝予之，上帝夺之。"

说起来难以置信，虽然河水是在峡谷中流淌，这些貌似天然的水其实都经过了处理。就像香肠的猪肉在香肠厂里加工成肉酱一样，河水也在上游水坝的幽暗管道中进行处理。有比较，才有鉴别。正是怀带着这样的想法，多米尼几天前带着我们进入到他那无可辩驳的大手笔，这个格伦峡谷上的大水泥塞的内部去参观了一圈。我们先在天上看到了它，随后是从格伦峡谷的岩壁与它对望，在那种高度，大坝看上去脆弱并出奇地渺小。一股带着优雅弧度的水柱轻快地注入下游河谷，一边是蔚蓝一片，另一边是绿色的一条。我想不出哪一条国界的两边能有那么大的差别，能像这座大坝两边的水质反差那样分明。而这条前沿阵地还有类似海关的功能，由那些在大坝地下那个正圆形办公室里忙碌的人在管理着。他们都穿着短袖白衬衫，系着窄条领带。他们在记事板上做记录。每个人都坐在一圈办公桌内，而嵌满周围墙上的是数不清的仪表和开关，更多的仪表和开关。为了进入这个控制室，我们乘电梯往下走了一百五十米，进入大坝的内部，在电梯里，多米尼打破沉默："大家都在谈论环境。我们是实实在在地为环境在做事。"他的眼中透着幽默。他领着我们走过一长条走廊，穿过一道铁门。铁门内的人都站了起来。从他们脸上的虔诚神态，旁人禁不住想起，美国在菲律宾海对日战役大胜之后海军马克米切三星上将步入司令旗舰列克星敦号航母机舱的情景。人们称上将为克米切。而在垦务局本部，大家在背后都管他叫克米切。站在那里，他一位一位地介绍了来宾。他问了鲍威尔湖的水位。

"幺零九零点三三米，长官。"

多米尼微微点了点头。他内心满意。当水位降低时，崖壁上那条环保分子称之为"澡盆环"的水库加固圈就会十分抢眼地暴露出来。而在一千零九十点三三米，加固圈就会被淹没。还有一件好事，就在当天——在鲍威尔将军首次探险来到格伦峡谷整整一百年的这一天——鲍威尔湖大坝将剪彩命名。

“下泄水量?”多米尼询问。

“每秒幺二三立方米，长官。”

“差不多，”多米尼说，“稍微低一点点。”操作台上，开关开合，手把转动，工作人员随时都在大坝的底下控制着一条河流。当时，他们的泄流速度是每十秒一千四百吨——用他们的行话来说，一公顷尺。

“我们有八台机组，”多米尼继续介绍，“如果我们要用峰值发电，就开全闸，下游就会巨浪滚滚。橡胶皮筏都要有执照才能经营，导游都要知道我们的泄水计划。”

然后，多米尼带着我们一路往下——乘坐另一部电梯，往下；沿着水泥旋转梯，往下；顺着过道，往下；再有一段阶梯，继续往下——最后我们来到了科罗拉多河原来的河床底下，到了大坝基底的最深处。离坝顶二百一十六米。“我可不想布劳尔转过身来说他什么也没见到”，多米尼这么表示——对此，我实在是心存敬佩：因为他带我们来的环境很难令人不往坏处想。这里遍地是水。水，沿着水泥转梯直淌而下。水，顺着过道漫流而过。水，从封顶不停地往下滴。壁面也在渗水。好几处地方，塑料布被贴在水泥板外。在底下，格伦峡谷大坝足足有九十一米厚。不过，压在它上面的是近三百二十公里的库水。它开裂了。科罗拉多河在往里灌水。“我们得搞几个荷兰人到这里来动点脑筋，”多米尼说道，“大坝还在固化过程中，还没完全完成。所以我们现在不做任何处理。我们很快会着手的。我们有一套再喷挤灌浆系统。这个主意是我在瑞士看到的。不过，渗水已经在变小了。渗缝自己会弥合也不一定。再说也不怎么严重。想叫科罗拉多河完全停下来，就是办不到。”

布劳尔看来不能决定到底是应该为渗漏感到吃惊还是该为不屈不挠的大河叫好。过道的顶上，已经挂起了乳石。我顺手扳下了一块。多米尼转头对我说道：“可不要让布劳尔看到，他又得说你在干扰自然过程了。”很明显，他对大坝自豪有加，深爱它的点点滴滴。“造大坝时，水泥并不是灌注的。它们是堆砌的，”他一边抚摸着光滑的内壁，一边慢慢解释，“水泥只是刚刚够湿而已——稠得没法灌注。就用震板把水泥堆砌到位。我们会定时取些芯样送到丹佛去做实验，看看工程队是否按要求施工。布劳尔伙计，为了巩固你我间的友谊，我用芯样给你做了对书挡。用格伦大坝材质做的书挡来夹住塞拉俱乐部的大画册，那是再合适不过了。怎么样？要不要？”

“我接受那些书挡，”布劳尔说道，“谢谢你的好意，伙计。”

主机房内，多米尼带我们走上了一个铁架平台，离开巨大的闪着白光的电机主轴不过几寸而已。主轴以超乎想象的速度在旋转，而站在平台上，却几乎感觉不到它的震动。“平衡，”他的语气中充满自豪，“奥秘就在于平衡。在俄国，同类的平台一不小心就会震得你四仰八叉。我知道有这事。我在那儿站过。”他指给我们看那些直径巨大的钢管——压力管道系统——科罗拉多河的河水正经由它们从水库流向下游的河床。大峡谷汹涌不羁的河水，如今都锁在管道之中。

多米尼打开了一扇门来到室外——出乎意料，一大片开阔的平地紧靠着主坝的一侧。由此向上，一百八十米高的水泥坝体以一个很小的偏角屹立于前——在烈日下泛着刺眼的白光。就在这里，只是为了美观，多米尼不知从哪里运来了成吨的细土并种植了草坪，整洁而优雅。他把它叫做"足球场"，确实，它起码有一个足球场那么大。游客从坝顶往下俯瞰，他们的眼光移过白色的坝身落到这块与周围极不协调的草坪上，在高坝的环境里十分抢眼。置身草坪，想到坝体的另一边就是无际的库水，恐惧油然而生。沿着四万平方米的凹面坝面上移，眼光被吸到架设在周围崖顶上、只能看见部分塔身的输电铁塔上。崖顶的铁塔，以一种似乎要坠落下来的角度直刺青天。"除非来到下面的变电平台往上看，你根本不能体会这个大坝，"多米尼开口说道，"俯视永远也不能了解。你得仰视。有时会有人从大坝上跳下自杀。他们没想到它根本不是垂直的。掉到这底下，连一整块死鬼肉都没落下。"

"我对那些自杀者的忠告是，要死，也得把格伦峡谷大坝带走，"布劳尔插嘴说道。

"去读《荒漠》，"多米尼应道，"165 页。写书的人可比你彻底。"

日后我还真买了一本《荒漠》。165 页上，该书作者爱德华·阿贝的愤怒在笔下倾泻："随着那有史以来最美妙的爆炸，大坝轰然一声化为一堆瓦砾，散布在河床上。一座全新的激流潭形成了。让我们把它命名为多米尼瀑布……”

离大坝不远的一个瞭望台上，有一批人正在为大坝揭幕，白人，土著，他们都用大量的篇幅谈到一个似乎在千里之外的敌人；而该人正处身他们之间。亚利桑那州州长威廉士发言提及：“与塞拉俱乐部不同，我，热爱大坝。”大坝开始建造时，他还是个播音员，正是他，在当时把起爆仪式上的爆破声，一次次地向听众播放。

“尽管有塞拉俱乐部，这仍是一个美丽的湖泊，”随着话音，犹他州州长兰普顿手臂朝着水库的方向挥动。放眼望去，红色的岩体与蔚蓝的库水交集；蓝天之下，平顶山包绵延不绝；再往远处眺望，就是神圣的纳瓦霍山，伟岸而孤傲。远离瞭望台的下面，船只在水面上变化队形。滑板激起阵阵水浪。贵宾的讲台上，装饰着棕蓝两色的彩旗——蓝色是鲍威尔湖，棕色是往日的科罗拉多河。

“所谓环保分子就是些不想改变的人，”纳瓦霍土著议会的首领，来自大窗岩的雷蒙那杰做出结论，“鲍威尔将军一定会支持这个湖泊的。愿湖水永远充沛不竭。”布劳尔纹丝不动，但看得出他内心的波动。不难想象他此时的心绪。鲍威尔将军——这位探险家，勘探家，地理学家——早已谢世，根本无法说出他的所感所想，英语不能，纳瓦霍语也不能。

轮到多米尼了。“今天，戴维·布劳尔就在现场”，惊得观礼嘉宾差一点就掉下水库。多米尼继续发言：“今天，他不是以官方身份，而是作为我们的朋友，参加观礼。我们会在鲍威尔湖逗留几天，我想有个机会说服他。然后，我们会沿河而下，那就是他来说服我的机会。”

七年之前，我们能够沿着河床以一百二十米的高度往北穿越飞过格伦峡谷，今天，也是如此，只不过用了另外的方式。我们跨上了一艘灰色的六米长的船——船体的外形特别为高速设计，搭载着一台别克六缸引擎，对讲机，船尾黑体字为“美国政府”——并以二十海里的时速在湖面上漫游。三天来，我们激起的浪花溅落在黑红相间的岩壁上，仍露出水面的尖顶山和平顶山上。整个犹他州的峡谷区被一个蓝色的平面拦腰一截，创造出零落的湖面，极不自然又魅力非凡。到了午餐时，如果要找一块山阴之处，我们实际上找到的是离当初岩壁脚下一百二十米的山腰上了，虽然水面之上仍是岩石壁立——纳瓦霍砂岩。快艇绕着往日的山巅飞驰向前。我们来到了凯普瑞湾。当初那自然天成的半圆岩石高不可及的穹顶，现在已成为露出水面的一排排洞穴。

在引擎的轰鸣声中，多米尼扯着嗓子叫道：“除了多米尼，还有谁会在荒漠中造出一片湖泊来？看看，看看这片土地！既无植被，也无降水。根本不具备形成湖泊的自然条件和环境。看看，硬是造出了这片世界最美的湖泊。”

“从此以往，从此以往，再也无人，再也无人，能够见到当初的景致了，”布劳尔说着，伸出手来指向湖底。然后他开了罐啤酒。啤酒是放在一个冰盒里的，而这些冰正是用科罗拉多河的河水制成的——也算是科罗拉多河的一点印记。冰盒里装着几十罐啤酒和果汁饮料，在其他任何地方都够十个男人喝的，可在这里不是这么回事。荒漠的太阳炙烤万物，地面的空气干燥得毫无生气。这些啤酒罐，几乎成了我们血浆的来源，我们一罐接着一罐，整日不停。我们中的美学家布劳尔实实在在喜欢啤酒的罐子。与他那些众多的追随者不同，他并不是简单地喜好某一个牌子。他对酒罐本身就十分欣赏——它们简单的柱状外形，它们精致的图像印刷。布劳尔内心对美感的冲动是如此强烈，它似乎会脱身而出。有时，它还会投射在意想不到的地方。望着远处山崖边的湖水反射着太阳的光芒，他把玩着百威啤酒罐，啜了一小口才开口："没什么所谓的鲍威尔湖。我从未见过这样的地方。这个水库的景色美丽惊人。一定算得上世界上最为美丽的水库了。伙计，我只是希望你能够把水位维持在目前这个水平。"

多米尼笑了起来。他解释道，随着持续的储水，这个湖会越加漂亮。还要上升三十五米，随着水面的抬高，周围的景致也将改写。而最终的十米带来的变化才是真正惊人，因为在那个高度，大水将淹向峡谷区的纵深地带。

"在别处看不到这样的湖泊，也不可能有现在这样的体会，"布劳尔叹息道，"可是，也没地方能再现此地当初的景象。这，才是问题的症结。我在下面野营过一次。营地实在是漂亮。整个河岸，处处可说是营地。黄鹭，白鹭，野生苍鹭，一去不返了。它们的栖息地完了——河岸的泥滩没了。"

“我们谈到了好多美好的东西，事实如此，我承认。但是，你也得承认，即便是就风景而言，我们也创造出了新的景观。看那边，那边的山脉。”

“亨利山脉，”布劳尔解释道，“这是48度线以下最后勘探的群山。”

对于我来说，我还等着要看那个湖。“湖”，对我而言，是四周高地围堰而成的水体，岸线有些曲折缠绕，但总体来说，总得有那么一个中心，从这里，能看到四周围绕的岸线。其实，这是一种偏狭的观念，这是从萨拉纳克湖、苏纳庇湖、穆斯卢克梅贡蒂克湖得来的观念，这种观念使得我见到地图上的鲍威尔湖时毫无心理准备：地图上的鲍威尔湖就像人的经脉示意图。中间深深的那一道，就是格伦峡谷，科罗拉多河曾经在它的怀抱中流淌，现在却成了鲍威尔湖最无趣味的部分。而那些深入峡谷支系的狭长滩湾，才是引人入胜的去处——船只沿着弯曲的河道节节深入，渐行渐窄，两岸的风蚀岩面在湖水反光的映衬下，美不胜收。正是这些去处——深入砂岩的未知裂隙——深深困扰并使布劳尔哀从中来，我们现在乘船而游的两百米以下，正是他曾经的流连之处，当时那些木棉树下的浅水塘，实在难以忘怀。

在珐斯谷地，快艇悄无声息地在弯曲的石道中绕行，湖面一片寂静，全无生息。布劳尔打破沉默：“这个小峡谷过去是延绵的水塘，树木成荫，有木棉树和柳树。”

“全是些毒葛、曼陀罗，”多米尼插嘴道。

“连片的草地。水流潺潺，”布劳尔自顾自地往下说。

山岩表面，都带着被俗称为荒漠漆皮的氧化层，透着暗暗的蓝色，这种漆皮似乎总是从天上获取了底色。峡谷中，一只鹪鹩的鸣叫婉转起伏。“这才是最佳的音乐——本地特有，”布劳尔在继续，“过去在峡谷的泥滩表面有着大量的罗壳蟹，忙忙碌碌，四处觅食。见鬼，那真是过目难忘。”

“得失相较，我可不会为淹掉的东西惋惜，”多米尼这样说。

在喀斯喀特峡谷，在一块曾经是数百米高处的突出的岩石上，生长着一小片蕨树和苔藓。“看这空中花园，它们做梦也想不到会有那么丰富的水源，”多米尼说道，“不过，十分可惜，就像我们的高福利政策，水，早晚要把它淹没。”

在布劳尔的记忆中，格伦峡谷最为美丽的地点要算是一处被称为戈壁大教堂的、四面以石墙围住的大岩穴。四面的石围墙向内拱曲，形成高高的几乎是对称抛物线的穹顶。它内部，大约有三千五百平方米的光景，草木丰盛，有柳树、楼斗菜和铁线蕨。而最为显眼的，是那一注不过尺把宽的瀑布，从二十米的高处，一泻而下，落入底下深水潭中，激起阵阵水雾。从水潭涌出的小溪，清洌如许，流过大教堂的中殿，汇入科罗拉多河。这艘美国政府的小艇现在进入了大教堂。多米尼关掉了引擎。水位已没到了一半高度，瀑布，也只剩下了三米。厅内有些凉飕飕的，美景难得——封闭的穹顶，瀑布落水的声响，石壁上跳动的水光，幽幽的回声。它，远在水库前就已存在，也会继续存在，直至有一天，库水把整个大厅慢慢彻底封没。

又有一艘游艇荡进大教堂。他们是一对中年夫妇和一位老人。他们询问我们是哪一个政府部门的。

“我是垦务局局长，”多米尼这样通报。

那个年轻点的男人轻呼一声：“上帝！”

“这里真是漂亮，”那位妇女说道。

“谢谢你。”

回到阳光之下，多米尼开始担心布劳尔那像熟虾颜色一样的皮肤。他说：“把一位野生动物的积极分子搞到这儿来晒爆皮肤，那可真是罪过。”

“我的红脸并不是太阳的缘故，是愤怒所致，”布劳尔答道。

“为我的破坏行为愤怒，”多米尼接了过来，“看见那个浮标了吗？那就是科罗拉多河的位置。浮标安在原先的河床位置。太好了。太好了。”浮标显示水深百米。

船载对讲机发出咔咔的静电声，公园署的巡山员在附近通话。其中一位提及湖面上有“不速之客”。

多米尼的牛仔脾气一下就冒了上来，尖声叫道：“混蛋！他们应该看看我们是谁！布劳尔，除了判断力不行，伙计你人还真他妈的不错。”

“除了偏见，我一无是处，”布劳尔答道。

冲浪游客呼啸而过，往南而去。“有些混蛋上这里来，一冲就是八十公里，”多米尼说道。

我们驶入原先是一片自然巨石的位置，巨石有个格力高利拱门的名字，现在已是在十米的水下。“如果我会游泳，我一定要在拱门上放一个花圈致祭，是我们把它淹没了，”多米尼转向布劳尔，“伙计，我们已经建立了友谊，那就让我来问你一个问题：为什么你对格力高利拱门没怎么大叫大嚷?”

“我们并不知道有这地方。”

“谁都不知道。所以没人能帮得了你。”

“许多人迹罕至之处公众仍十分珍惜——正是这个原因大峡谷被救了下来。其实，格伦峡谷也能被救下的。”

“救下？对应于能在这个地方还是自然状态时就进入此地的每一个游客，今天，妈的，就会有成千上万的游客能来到这里，沿水路而来，还有周围那么多小峡谷。这是你们几个人和成百上千的人在比较。小孩能到这儿来。八十岁的老者。还有那些走不了路的。”

“99%的人可以走。”

“我造这个湖之前，历史上有记录来过这里的人还不到六百个。”

“造了这个湖，人类把三百平方公里的自然栖息地彻底占为己有。”

“我喜欢公平，”多米尼说道，“给你看看我有多么公平，这么说吧：是我们破坏了格伦峡谷，是我们毁掉了一些确实美丽的东西。但是，我们也带来了一些好处。”

“水。”

“对那些淹掉的地方你愿怎么抱怨就怎么抱怨。这里依然美丽，并且，大家都来得了。”

船只来到了拉比林斯峡，水面上，漂满椹叶针、碎浮木、泡沫塑料碎块、空啤酒罐、塑料的盖子塞头等等杂物。“在环保行业内，这叫做多米尼浓汤，”布劳尔解释。

还露在“浓汤”之上的大石块上，有几十个石坑，有些非常大。布劳尔静静地用手在空中划着圈，显示千百年来小石块是如何在漩涡的作用下在砂石面上磨出这么大的石坑的。他和多米尼出船上岸，爬进了一个大石坑。那个石坑足足有三米宽，五米深。在石坑里面，他们开始争论水面蒸发的问题——由于蒸发，有一部分水体免不了要损失掉。布劳尔强调，鲍威尔湖一旦满蓄，每年将有七亿四千万立方米的水将从水面蒸发掉。多米尼可不喜欢在他自己的领地里这样被下套。可以看得见他的内心思绪澎湃，就像那些在砂石上碾出石穴来的石块在来回撞击，最终，他还是没忍住：“甭给我胡说什么蒸发不蒸发！我们不把水蓄起来，这儿就根本没水可以蒸发。”

布劳尔绕开了这个话题，猛不丁又轻轻地来上一句：“蓄水，就是为了能发出千瓦电来。”

“我们不会仅仅为了发点电就从鲍威尔湖里放什么狗屁水的！”多米尼说。

布劳尔满脸不信地微微点头。他又找到了新题目，开始抱怨其他方面。他谈到崖面上那大量风化的沙面带——附在石面上的成百万吨的微粒——正随着水面接近它们扑通扑通掉入鲍威尔湖中。环保分子分析，鲍威尔湖正在慢慢地被这些沙填满。它的湖岸，也正在塌入水中。

“这东西遇水就化了!”多米尼扯着嗓子高叫，“你明明知道还在夸大！一真九假，就是你们环保分子的做法。水面抬升，这东西就像粉一样遇水就化。不稳定的材料去掉后，杰里科山脉并不会垮塌。山崖根本没倒下。”他爬出了石穴。

布劳尔指了指对面峡面上一些弯弯斜斜的划痕。“那些是楔形文字，千年前由上帝亲手所写。”

“是吗？那都说些什么？”多米尼说。

“上面写着，‘不要淹掉。’”

最终，那些浮标和浮式航标把我们领到了彩虹桥船坞，八十公里内唯一一处加水吃喝的所在。这里有一个由浮桥浮筒组成的浮岛，小店商人和国家公园署的巡山员就住在上面简易的棚屋内。由于水面还在不停上涨，并时有下降，没有其他可行的设计能在两侧坚硬的石面上造一个别样的建筑。在码头上，在由野营客、滑水客、巡山员、水务人员组成的鲍威尔湖社区，多米尼时高时低情绪化的一面，如果以前还没有充分体现，在这里可是完全展现了。他一来到没几分钟，消息就在游船间传开了。随着他在防滑的甲板上走动，大家把他看成一个神祇，无边蓝水的创造者。一个孩子跑过来要了他的签名。人们为了这湖水再三向他道谢。多米尼眨着眼睛，一边说该做的该做的。他还递给了我他的相机，说要记录下这个难得的事件。他把胳膊搭在布劳尔的肩上。

布劳尔想好了标题，“布劳尔举手投降”。

离开船坞，我们把船系在木头跳板上。这里正是鲍威尔湖和干涸的阿兹德克溪的交汇处。我们沿着旱谷的砾石往上步行了大约两公里。布劳尔和多米尼现在来到了彩虹桥的下面，他们又展开了他们间已经进行了十年的争论。

在那个陆地还在抬升的年代，山泉从纳瓦霍山脉汹涌而下，冲开砂石岩壁，形成了彩虹桥。大量的砂砾石块不断拓宽开口，向下延伸，成千上万年后，溪流终于开凿出了今天看到的石拱桥。厚厚的石壁透着红色，在蓝天的映照下显得异常巨大，容得下整座白宫。实际上，它就是地球上已知的最大自然石拱桥。鲍威尔湖蓄满后，库水将灌满彩虹桥下深深的河沟，并将达到离开拱底仅六米的高度。对布劳尔而言，除了亵渎没有其他说法。对多米尼而言，水最终会涨停在那里，不仅有些奇异，还是个可接受的巧合。

就此，国会举行过听证会，有人航空视察，有人徒步考察。布劳尔要求在下游造一座截流坝，把湖水挡在桥下河床的外面，在小溪的上游造一座分流坝，把溪水在丰水季节分流到别处，再用柴油泵抽掉水。站在庞大的石拱下，多米尼和布劳尔就像两只微不足道的虱子。两人还鬼使神差地转换了角色，多米尼指责布劳尔是个“金字塔建造者”，他的那些个截流坝和分流坝要花上二千五百万美金，还不仅是钱，对布劳尔想要保护的自然景观而言，桥下的一点静止水与几座水坝相比，造成的影响要小得多。布劳尔指出，桥下的水会侵蚀它的基础。多米尼却强调，地质学家告诉过他，长期而言，静止水对桥基损害要远小于流水冲击的损害。布劳尔说他不相信多米尼那边的地质学家，并且，他还指出，多米尼没有考虑淤泥的加积现象，总有一天，门柱会陷入淤泥。

如果说有一个什么词多米尼不想再听的，那就是这个淤泥加积了——所有的环保分子都在告诉他这种泥浆会最终堆积起来淤塞水库。

“淤泥到不了这儿，老天!”他已在尖叫。

“会的，它会的，”布劳尔的声调平静而坚定。

“你说几年？两百年？”

“不。只要一百五十年。水利专家吕那·李奥帕德说过，在这里，淤泥加积将达到二十五米。”

“这只不过是他的说法而已。我说是瞎掰。你们这些环保分子，我们只是把这里变成大家可以来的地方，你们就说我们是在破坏彩虹桥。”

他们两个走了一段路，谁都没有开口，只是心怀崇敬地仰望着石桥。石拱的厚度达十二米。这足足可以支撑一条高速公路。只是令人惊异的是，声波对它的冲击比水的冲击更为有害。声波使它颤动。

从溪流的上游走来了两位登山客。他们身背包囊，从山路沿纳瓦霍山脉来到石桥，这段路可不好走。他们不过是大学生的年龄。一位是从贝塞斯达，另一位是从圣路易斯来的。众人握手寒暄，互通姓名。其中一位登山客问道：“你刚才说你的名字叫戴维·布劳尔？”

“是，”布劳尔回应。

“戴维·布劳尔？”那位男生重复了一次。然后，他轻轻地，似乎是对自己说那样："是戴维·布劳尔。"

多米尼说道："见到他真不错，呃？认识一下垦务局局长如何？"

大概是他们都来自密苏里和马里兰州的缘故，他们都不了解复垦意味着什么，或者，对这个什么局的局长是干什么的也不了解。他们也没有问。

"戴维·布劳尔。"

他们跟着我们一路走到水边，走到政府船的船边。我们的船驶离岸边，他们站在那里，看着布劳尔。直到我们的船转了一个大弯脱离了他们的视线，他们仍旧没有离开。我们又进入了他们的视线一小会儿。他们仍然站着没动。

"支持者们相信先知是错不了的。"

"环保就是宗教运动。就是小团体。然后才有对所有信条的阐述。团体内大家只认他是对的。布劳尔就是带领信徒前进的先知。"

"塞拉俱乐部本身就是宗教运动。"

"如果哪个先知自己偏离了那又呆板又狭窄的方向，他就成了比敌对阵营中的敌人更为危险的敌人。"

"他已经被权力腐蚀了。"

"他已经成了他原先驾驶的那辆车前的挡路石了。"

"布劳尔必须要违反董事会的指令，才能达到自己的目标。”

“他曾经说过，他有着好几千志愿者在帮忙。他还说，如果他自己想做成些什么，那一定是一个人，而不是几千人。可悲的是，这正是最近几年所发生的事情。”

“权力结构断裂了，或者说有不服从的现象，就看你怎么看了。”

“近年来，他越来越不能容忍环保的对立面。他原来对环保事务的态度要灵活得多。”

“这正是塞拉俱乐部成员大增的原因。他把成员名单从七千翻到了七万。好多人，特别是年轻的，蜂拥而至。他们受够了那种四平八稳的立场。布劳尔过去还愿意听听另外的意见，现在他可是成了一把熊熊燃烧毕剥作响的火炬，他把塞拉俱乐部生生撕裂了。”

“他先前还不怎么傲慢，现在可不得了。”

“一言中的。”

“‘傲慢’这个词用得不准确。你不会说耶稣基督傲慢。当然，我并不是在作比较。”

“如果有点手腕，他就能避免当前的难题。可是他一意孤行。这个犟货。”

“他关心的是荒原。人怎么样他是不管的。”

“布劳尔身上，有一种伊甸园的纯粹主义风格，毫无疑问。”

“叫我就这么说：我情愿要布劳尔的恶，也不要他敌人的善。”

“他们正在把他变为一位英雄，那些自以为是的中产阶级。”

说这些话的人正聚集在旧金山德雷克爵士大酒店的帝国厅里——约莫有四五百，可说是人潮汹涌——他们都在等着宣告开会的木槌声，这将是塞拉俱乐部约翰·缪尔败选后五十五年以来最具历史意义的一次会议。他们中有那些似乎刚从山里赶来，领口敞开，蓄着浓密胡子的男人，也有面容姣好，戴着发夹的妇女，还有一个梳着贝多芬式头发的广告专家，至少二十名记者，一位电视记者。上了年纪的人在这里占着优势，都是本地人，旧金山人——穿着全套西装、对于塞拉俱乐部1920年代的风光出行仍有着清晰回忆的老年银行家，也有些拄着拐杖气喘吁吁的老人，他们来到这里，是因为他们感到布劳尔把他们的俱乐部发展到了无法辨认的地步，也就是说，他篡夺了他们的俱乐部。他们来，是闻到了鲜血的腥味。

“经济上他大手大脚。”

“一有反对意见，他就归于动机问题。”

“他不遵从董事会的意见。”

“最近二十年来，美国的生态复杂性日甚一日，布劳尔难辞其咎。”

“他是个勇于冒险的政客，就是政客。他博了，他输了。”

“他有自杀倾向。”

“他一直在往这方向走。”

“他热爱这份工作，但从来不守规矩，就保不住自己的工作。”

“他是玩边缘政策的老手，这次他玩过火了。”

“他为人羞涩，在大庭广众他硬逼着自己出头。如果没人管他，他可以有奇思妙想远见卓识，一旦太过拘束，他那坚强刚毅的性格就暴露无遗。”

“有时他又有点偏执狂。他总是说森林局、国家公园署、太平洋电气集团要搞他。我们一直对他说：‘除了塞拉俱乐部里的，没人要来搞你。搞倒你的，就是你自己。’”

“他会去干什么？他会去私人企业吗？”

“他先得开一家自己的华夫饼干店。”

在房间的一头摆放着马蹄形的长桌，面对着数百个折叠椅。大家一边等，一边在看当地的免费报纸。内华达塞拉山脉的一棵珍贵老树——就是那棵有一条公路从中穿过的红杉——倒了下来。报纸在头版上重新刊印了那张摄影家安瑟·亚当斯的著名照片——被称为沃沃那隧道树的照片——那张一辆皮尔斯艾罗牌的汽车车头在树洞之内，旁边还站着几个人的照片。大家似乎都被头版的照片迷住了，头也不抬。虽然会议的结局早已铁板钉钉，气氛还是有些紧张。布劳尔将被开除塞拉俱乐部的执行董事职位，即便是当场辞职，但“开除”是事实。执行董事是董事会的雇员，董事会现在要赶走他。真正的摊牌时刻在新董事会的通信选举时就开始了。布劳尔和他的铁杆也是候选人，但他们都没选上，只能认输。董事会里，布劳尔还有些支持者，不过，力量对比对他不利。布劳尔直到最后关头的今日仍旧抱着希望，希望十五个董事——虽然他们所表示的意向都完全相反——中的大多数还会要他留任，可是旧金山德雷克爵士大酒店里就只有他一个人还那么天真。不管最后的话怎么说，今天就是个裁撤仪式。

“随着自己功成名就，他对俱乐部会员的所思所想越来越不关心。我从未见过像他变化那么大的人。他已经有了他个人就是塞拉俱乐部的念头。”

“他是一个诗人、自然学者、政客的组合体，他是一个拯救环境斗争的通才。他坚忍无比，敢于穷追猛打。他相信要赢取斗争就要毫不妥协。免税额那事就可以看出他冒险的劲头。”

“塞拉俱乐部里没人怪他这样做。”

“斗争是约翰·缪尔的精髓。布劳尔认为塞拉俱乐部应该采取这样的立场，我同意他的看法。”

“他一个礼拜拿五天的工资，可是他五天要干七天的活。他的问题是不愿听话。没法跟他沟通。他又要代表一个组织，同时又要作为个人的所有权利。”

“他曾经是本国环保努力方面最有效的力量。现在仍然是。”

木槌响起。大厅静了下来。在马蹄形长桌上就座的可说是塞拉俱乐部高等法院的法官。

马丁·力登，作家。加利福尼亚州波朵拉山谷区。体态健硕，声音洪亮，对当前的做法心存反感。有勇气。他乘硬体船游历科罗拉多河。布劳尔支持票。

帕德里克·高德沃斯，生化学家。华盛顿大学。喜爱高山荒原，但不是钩绳登山客。北喀斯喀特地貌护卫积极分子。支持票。

爱略特·波特，两位世界级荒原摄影家之一。新墨西哥州塔色克市。医生身份。从未执业。支持票。

拉里·莫斯，核子工程师。加利福尼亚州塔桑尼亚市。白宫幕僚。没户外爱好。支持票。

雷蒙·谢文，最高法院法官。加利福尼亚州瓦力杰市。没户外爱好。反对票。

奥古斯特·福格，加利福尼亚大学印刷部主任。布劳尔在大学工作时的上司。没户外爱好。反对票。

维尔·西里，生化物理学家。加利福尼亚大学。山地客。1954 年喜马拉雅梅喀鲁探险队共同领队。1952 年登上秘鲁布兰卡峰。1963 年珠穆朗玛峰。反对票。

“尽管说什么经济上不负责任，什么不听指令，问题的症结是山地客内部的较量。维尔·西里那帮人。山地客都是个人主义者，是独行侠。布劳尔是个人主义者，是独行侠。”

“布劳尔是山地客。”

“曾经和他一起攀登的没有一个人还是他的朋友。”

“他们全部转身攻击他。”

“说到爱恨交加，没有比山地客内部的爱恨交加更强烈的了。”

菲利普·贝利，律师，登山客，山地客。年龄，三十。伯克利长大。整个少年时代，是布劳尔家的常客。布劳尔教会了他攀登的技术。布劳尔和贝利曾经有一次试着由新的方向攀上塞拉山脉的克莱伦斯大帝峰。布劳尔踢落的一块石头砸中了贝利。猎鸭者。反对票。

理查·雷奥德。塞拉俱乐部前主席。长布劳尔四岁，长年密友。在伯克利时和布劳尔是邻居，在旧金山米尔办公大楼时也是。是布劳尔参加塞拉俱乐部的介绍人。布劳尔当选俱乐部执行董事的提名会员。反对票。有传说是反布劳尔力量的主要推手。律师，登山客，山地客。

在马蹄形长桌的顶端，雷奥德面无表情地对着整个大厅。他似乎是个从未情绪失控或者表情失当的人。当马丁·力登一把抢过话筒高声尖叫"本次选举充满诽谤、充满伪证、充满欺诈"时，雷奥德回头看看，仍是不动声色。雷奥德身材短小，并不讨人喜欢，不时干咳几声。以往的登山经历丝毫没有影响他现时的正式身份。和布劳尔——曾形影不离——一起攀登过的山，数都数不清。从现在的座位上雷奥德能够看到人群后的布劳尔，他就站在远处，头颅上仰，一头白发在大厅中引人注目。谁都猜不透雷奥德此时此刻的想法，不过，与他在数小时前私下评论中透露出来的心情，大概所差无几吧。

"在早年，布劳尔是我们俱乐部绝对优秀的领导人。他不屈不挠，一往无前，还有一点我特别要强调，彬彬有礼。后来，他有了种老好人干不了事的想法。他开始责难其他所有人，森林局，公园服务署，议员。他似乎感到只要达到目的就可以不择手段。董事会通过决议，要他依据事实来展开宣传活动。但是，一次又一次，他完全不顾董事会的决议。他似乎觉得只有他才知道什么对塞拉俱乐部有利，什么对环保运动有利，而董事会无非是路上的绊脚石。他的动力的源泉之一就是整个地球在快速败坏，必须要出手处理。正因为如此，布劳尔无论在哪个组织，都会毫无节制地投入所有资源。他会说：'我们不再节省几个小钱，我们要拯救地球，'然后在没有董事会批准的情况下花上三万来块美金再做一轮广告。不过，我想告诉你的是：他个人从未拿过一个子儿。只要一看他的屋子就明白了——破旧不堪，用个铝盘在接雨水。他的理想是崇高的，但他的天真率性会毁了这个俱乐部。他相信，即便他把塞拉俱乐部搞得破产了，那也是为了一个高尚的事业。机缘巧合，他也是一个技术高超的登山客。我们开始在一起爬山时，他才二十一岁，我二十五。有时一连数星期，我得依赖他的判断和能力才能存活。那一次在加拿大卑诗省的冰川带一起度过了三周，睡在六百米厚的冰层上。布劳尔雪盲了。他把戴墨镜看成是虚弱的表现。他相信自己的眼睛可以适应太阳光。太阳光会使白蛋白像煮鸡蛋一样凝结。他的眼睛被包住有两三天。我想，他感到自己要决定眼睛治疗的问题。你知道的，他也相信那种自我兑现的理论。雪球行为理论。车到山前自有路。天意一直眷顾着塞拉俱乐部，它会持续这样，布劳尔是这样想的。我们要救下塞拉俱乐部，就是这样。”

理查·希尔，物理学家。内华达大学。无特别户外经验。反对票。

保尔·布鲁克，环保方面的作者。马萨诸塞州林肯市。《霍顿米福林》杂志退休主编。划艇运动爱好者。把老婆称为“桨杆护手”。家里的抗风暴护窗都是他安装的。反对票。

艾德嘉·维本，旧金山开业医生，在佐治亚州梅肯长大。塞拉俱乐部主席，一直以来是居中调解的主要人士。对他，布劳尔是个“有创造力的天才”。反对票。

梅纳·蒙杰，地产商。加利福尼亚州拉法叶市。并无户外活动经历。用一张自己在皮艇中的照片竞选董事会职位。深信塞拉俱乐部能提高他本人的形象。反对票。

安瑟·亚当斯，享誉世界的另一位荒野摄影家。加利福尼亚州卡梅尔市。1933年在上塞拉山脉徒步旅行时与布劳尔相遇。长年来与布劳尔有着个人和专业上的紧密联系。反对票。

亚当斯，身材魁梧，一脸黑须，了解某种大厅内除一人外都不了解的细节。在那棵大树下，在皮尔斯艾罗牌汽车旁，就是登载在今天报上头版的安瑟·亚当斯照片里——并不醒目，也看大不清，但确实存在的是一行标题“巨人陨落”。

吕那·李奥帕德，水利专家。华盛顿专区。思维敏捷，口齿伶俐。科罗拉多河专家。河流淤积专家。雪地猎人。《砂郡年鉴》作者阿尔多·李奥帕德之子，该书是现代环保生态文学上的里程碑。

支持票。

用来处理当日主要议项的时间还不到在墙上贴一张告示的时间。蒙杰主席向西里点了点头，西里谈到布劳尔是“本世纪环保运动最为杰出的精神领袖”。他进一步补充：“但是，两个巨人在交手——一边是塞拉俱乐部，一边是戴维·

布劳尔。我提议接受他的辞呈。”

在一片嘘声中，理查·雷奥德附议。

说起来难以置信，站在大厅后墙边的布劳尔到现在还抱有希望。可能还会变。

支持？十票。反对？五票。通过。

用柔和又充满感情的声音，布劳尔宣读了一份毫无棱角的告别辞。以其声调而论，他更像是在为围坐在篝火旁的孩子朗读故事。然后，他离开了大厅。

“扩张中的裂隙”就是他描绘本次事件的用词。一个微不足道的地区小组织成长为国内国际环保运动的一支生力军，每一步，每一程，都有人想叫它停下来。布劳尔已经看清环保避无可避地将是全球超越单个国界的一项事务，以污染控制和人口控制为其主轴，维护荒野为前提。反对他的最有力的理由，他自己也并非完全不同意，那就是，如果塞拉俱乐部要达成某种目标，那么这些目标必须明确有限。而布劳尔，此时已是在追逐危险的平流层外的恒星了。钱，是要搞。钱，也从没断。

德雷克爵士大酒店会议后的几个月里，布劳尔一有空就跑去荒野地区。用他自己的话来说，是去找回他的目标。在其中一次这样的旅行中，当他在内华达的塞拉山脉毫无目的地漫游时，他感到自己被引到了南约塞米蒂的一个山谷中，那棵巨型红杉倒地之处。

大树的倾覆毫无预兆，惊天动地。巨大的冲击力把这庞然大物像陶器一样敲成碎片。有好几处，大约以十几米的间隔，树身彻底断裂，内部的木质暴露在外，就像暗红的砖块。上部的树枝深深嵌入地下。红杉松果俯拾皆是，布劳尔挑了几个。“不得不说这个冬天对你我都不好过，”布劳尔对着大树嘟哝着。他从旁边爬上了横倒的树干，站到了上面，离地已是三层楼面的距离。他从松果中抖出了一粒种子。松果不过是像一个核桃那么大，而那纤弱的种子，包在护翼一样薄薄的纤维之中，不过十来毫米，透着银色。布劳尔对着树下朗声说道：“就是这颗种子，能长出一千四百立方米的木材，能成活三千五百年，”“它知道如何形成锥形树冠，如何设计根系来对付盐碱，如何把水分运到九十米的高空。就是这颗种子，已经这样生存了九千万年，从未进过什么植物学校。”他在周围看了看，想找出为什么这棵树会倒下。下部的树洞是在清理 1881 年一场火灾留下的疤痕时挖出的，当时仅能供马拉的大车通过，到了 20 世纪中叶，开始供汽车使用。但是近年来，车辆越造越大，不得不在一旁新造一条车道让那些无法从树洞中通过的车辆使用。这条新路是在大树倾倒方向的另一边——在那边，树的根系被轧断了。“对一个生物生命力的蚕食，”布劳尔得出结论，“一定是震天巨响，轰然而下。底特律又赢了。”

230 界碑。我们现在正在一大片平静的水面上。鬼见愁湍流滩还在下游十五公里处，但是，整个上午，皮筏上大家都避免谈及。人们提到它名字时，就像躺在急救室的担架上谈及伤势一样。我们先前已经到过其他湍流滩——卡纳滩，玛卡塔米巴滩——不过所有人的思绪已是集中在鬼见愁上了。

“按《游河指引》的说法，短短两年内无一人在鬼见愁丧命，”有人开了个玩笑。

“地图上标着低水位时鬼见愁十分危险。”

“桑德森，今天水位如何？”

“低。”

“现在的水位是受调控的。我们今天的河水是上周日释放的水，”多米尼向大家解释，“在调水的条件下，这已是它最低的水位。到了明天，周一的释水就会赶上我们，情况就会改进。”

“谢谢你局长先生，不过，周一的释水对我们今天的情况又有什么帮助？”

“就地宿营，”有人提议。

“现在只是早上十点半。”

“我不管。”

“河水被捆住了手脚，不过，它还在流淌，”布劳尔说道，“如果局长今天变成落汤鸡，那可是自作孽。”

桑德森关掉了引擎——噪声极大的外挂机，用来提供一点点动力并在过湍流滩时增强点皮筏的操控力。我们在无声无息地滑行。

布劳尔注意到了一段浮木，搁在十二米高的一块凸石上，都晒得褪色了。“看见了吗多米尼，在你把它截流之前，河水有多高?”

“妈的，我可从来没截流，我是接流。每年倒要有十个月这里连煮个鸡蛋的水都不够。我的水库才让它回归生息。”

多米尼开始谈起水坝。对他而言，整个世界就是由河流勾连而成的。在他眼里，没那么多国界疆域，遍地就是河流，而他的心绪，追随着河水，去找建坝之地。在世界上所有河流中，最使他手痒难禁的得算是湄公河了。湄公沿岸，有好几处，可说是标准的淡水地中海的地形——巨大的地理盆地，由细直的河道相连，等着蓄水的日子。“妙不可言，妙不可言的河道，”他总是这样说。他把它与新南威尔士州的玛朗比奇河作对比，在那儿，澳大利亚人花了二十二年的时间来建造他们所谓的雪山水电体系——“那么多功夫就为了这么几杯水。”布劳尔提醒多米尼水坝会破裂，并提到了1963年意大利的那次灾难。“水坝没有破裂，”多米尼告诉他，“水坝没有破裂。坝高是二百七十五米。在它的上面是一座花岗岩的大山，顶上是垃圾。垃圾掉落到水库里激起了一百二十米高的浪花，往下游一涌而下并致死两人。水坝还在那里。它扛住了。一百二十米高的水砸在它上面，它扛住了。当然，现在是不能用了。水库全是垃圾。”

“你的水库也会的。鲍威尔湖有一天也会充满淤泥。”

“哦，上帝！老兄你讲点道理。”

“哦，上帝！多米尼兄弟，你讲点道理。”

“布劳尔伙计，你是否支持过任何一个水坝，一次?有吗?”

“有过。我出具证词支持喀富喀河上的诺尔斯大坝，蒙大拿州的。当时国家冰川公园面临着一个更大的威胁，我认为这是一个解决方案。你造坏过大坝吗？”

“如果你真想知道，造坏过。布劳尔，我不怕对你讲实话。那是猫头鹰溪，靠近怀俄明州的温泉城。在溪流的某段上做的地理实验结果不错，然后在往上游的一段地方造了大坝。我们汲取了这个教训。从那以后，哪儿实验哪儿造坝。大坝下面，库体下面会形成空洞。我们发觉一个塞住，就会冒出另外两个来。塞子还会松脱。水库就是蓄不了水。过两天我来告诉你另外一个故事，布劳尔。我来告诉你我们的一个工作人员打错了一个阀门，把古奇大坝内部弄得水没金山。”

“我听得够多了。”

多米尼和布劳尔要来了三明治，打开后，都迫不及待地张口往里塞。布劳尔现在攻击多米尼的是加利福尼亚州文图拉市附近的一个大坝项目，该项目正在威胁着北美四十五种秃鹰中三十九种的生存机会。“谁都不愿看到哪种生物灭绝，烦心沮丧，”布劳尔谈道。

“秃鹰在乳齿象的年代就已存在了，”多米尼说道，“它是史前的遗迹。它要靠着跳降才能起飞。它的体型如此巨大，叫一个孩子拿杆气枪就可以打到它。它完了，造坝不造坝都完了。你划个两百平方公里给它，还是玩完。它完了。没什么机会能存活。它活得下来当然好，可是我不认为这个项目对它能有什么屁影响。”多米尼大口地喝着啤酒。他脱掉了他那鲍威尔湖帽，把头发拢了拢，再戴上帽子。不晓得现在他是否想到他华盛顿办公室里的那个推土机比例模型。推土机里就坐着一只秃鹰——也是一个橡胶的比例模型，就在驾驶座上。

不过，多米尼的思绪在别处。“那个在肯尼迪宣誓典礼上朗诵诗的老头是谁？就是那个白发吹得乱哄哄的那个？”

“罗博特·弗罗斯特。”

“是是。他和我一起去俄国。我是去看些俄国水坝，他是什么文化交流，我们坐在隔壁，一路到莫斯科。他喋喋不休，我不停抽烟。最后他开口了：“这么说你是造水坝的。造那种庞然大物——涡轮机，发动机，蓄水。”然后他又开始为我做起诗来了，就在飞机上。他是这样说的：“转啊，转啊，转……造啊，造啊，造……发电为人民……为人民……”

“整整一天，弗罗斯特在回忆他的儿童时光，他还问我的，我就告诉他我出生的那个小镇小到出镇和进镇的路标只有一个。土地干得就像隔年的老玉米。从来见不到比人工水灌地更好的土地。天啊，那些地真是。他又问了我的家庭，我告诉他我们在弗吉尼亚的农场，我儿子和我两人如何一天之内安好了三百米的围栏。我是这样告诉儿子的：‘我教你怎样干活，你教自己怎样玩。’”

皮筏已经过了卡纳滩——水头有两米高，全是浪花——我们都湿透了。峡谷中有些寒冷。一片云——这种地方特有的现象——遮住了太阳。我们浑身发抖。太阳一遮住，气温立马往下降。火炉关了，衣服也干不了。还好，云看上去只有这么一块。

230界碑。“就是这里了，”布劳尔说道。他手里拿着地图。两旁的石灰岩崖壁一点也没什么特别之处，我们就是在大峡谷里而已。“我们正在进入水库，”布劳尔高声宣告，“我们已在多米尼湖上漂流。”

“我的耶稣，”多米尼动了动嘴唇。

“什么水库?”有人问道。布劳尔解释了。多米尼想在下游一百四十九公里处造一个水库，静水区就要推到河流的这个位置。

“是这样吗，局长先生?”

“不错。”

云开日出，我们立即又感到浑身暖洋洋的。其他的游客都陷入沉默，在回味布劳尔刚才所说的。

“你的意思是库水会淹没鬼见愁？淹没哈瓦斯河？淹没熔岩瀑布？淹没我们就要去访问的所有地点?”一个男人问多米尼。

多米尼抬手抓住他那鲍威尔湖帽的帽舌，往下拉了拉，戴紧在头上。“是，”他答道。

“我要思考一下。”

“我也要。”

“我也是。”

其他游客似乎都炸了锅一样七嘴八舌，莫衷一是。多米尼再三保证，新的湖泊仍将十分漂亮，一如鲍威尔湖。并且，多米尼补充说，保留地就在坝址旁的霍拉派印第安土著将获得百万美元计的补偿，同格伦峡谷的纳瓦霍族得到的优渥补偿相当。新的水库将会被命名为霍拉派水坝，水库也叫——不管布劳尔的幽默如何——霍拉派湖。

“在此时此刻，我想郑重提出，我们在48度线以内不要再碰任何地方，”布劳尔提出意见，“无论是小岛，是河流，还是高山荒原——不要再碰了。目前还没被触碰的，就让它永远如此。这是一个极端的说明，但只得这么说。”

“关于这一点，朋友，还得商量。”

其他人看看布劳尔，看看多米尼，拿不定主意。总体而言，他们的反应并不是出于本能。这些人不正是自己被此地的美景吸引，乘上皮艇，沿河而下吗？可就是这些人也都住在附近的社区，电力能源全靠着科罗拉多河。他们，像其他人一样，难以取舍，这就是为什么他们说要想一想。在新泽西家中，我来到孩子的学校，问教室里一群四年级的学生，让他们面对着巨大照片上的佐治亚州的迷人海滩，考虑一个问题。“你认为这里应该造房子呢，还是不要碰它？”小手高高举起，拼命挥动。“造房，”一些学生叫道。其他的反对造房。五十对五十。“这个呢？照片上的宏伟山脉是在华盛顿州的荒原深处。山底下有着铜矿。”我列举了铜的用途。投票仍是不分上下。一位刚才选择在海滩上造房子的黑人孩子，说：“采铜。”我拿起了一本塞拉俱乐部的展览版画册，翻到《逝者如斯》那一页，给他们看大峡谷中科罗拉多河的照片。有些孩子要在河上造水坝。水坝带来电力和水——照明和食品。投票仍是差不多五五开。

在布劳尔做西斯廷教堂淹水的广告后，多米尼反击了。他搭乘直升机沿着科罗拉多河，手拿相机吊在一个挂在机门外的网兜中。他叫驾驶员将直升机停在230界碑处的沙洲上，对着河面拍了一张照片。沙洲的高度是海拔五百七十一米，他叫驾驶员就以这个精确的高度往河的下游飞，从沙洲到霍拉派水坝坝址，他自己则一路照相。（“可怜的驾驶员，他的桨片快要刮到两旁的岩壁了，他紧张得要命，我叫他停在那里。”）到了坝址，直升机已是在六百米的上空。多米尼带着他的全套照片来到国会。“布劳尔说我们会毁了大峡谷。我们就来看看是否会毁了它”，他这样开场，并显示，即便是像霍拉派湖的长度，对整个大峡谷而言，只不过是十一公里宽两千米深的一小段隐秘的河道而已。他告诉议员们，无论从大峡谷国家公园的哪一个公众瞭望台上，都看不见这个湖。“见鬼，我对这条河的了解，要远高于国家公园服务署，高于塞拉俱乐部，高于任何人，”他以此结束这个故事，“我把照片带去国会，因为我相信这样球就到了对方的场子里。他们想来玩一把，行，他们想放弃，也可以。”

我们已经经过玛卡塔米巴滩，绕过了一道河湾。桑德森又关了马达，我们在这平静的长长河道上稍事休息，河道尽头，便是鬼见愁湍流滩。谈来谈去都是“最后一公里”，“低水位”，“彩虹尽头”，如此等等，不过这都是些恐惧闲聊，对未知的夸大而已。

“好啦，这就到啦。这种皮艇应该能过得了尼亚加拉大瀑布。”

“过得了。只是无一生还。”

布劳尔递给多米尼一罐啤酒。“最后一罐了，”他说。现在是上午十一点，峡谷中凉飕飕的。太阳又被云遮住了，气温只有二十五度。云层马上就会离去，气温几分钟之内又会达到三十多度。

“为鬼见愁干杯，”布劳尔说着举起啤酒，“愿好人常胜。”

鬼见愁开始之处的落差是如此之大，我们在上游一百八十米处所能看到的只是等待吞噬的大口——前突后涌的白浪。桑德森的马达打不起来了。“这个油不行，”他向大家解释，“河水也试过了，不行，还是起不来火。”随着皮艇慢慢往下游靠去，桑德森在修他的马达。一百二十米。他拉动启动索。没有声音。整个船上的人也了无声音，除了随着啤酒罐打开的那一声嘶……。多米尼又开了一罐啤酒。八十五米。桑德森打响了马达。他把皮艇驶向岸边。按规定，在乘皮艇过鬼见愁之前，一定要先去看一下。

我们全体下了船，跟着桑德森走到湍流滩的岸边上。我们在这里所见到的，足以去除头脑中原先具有的科罗拉多河是由百里之外、操纵台前、穿着干净衬衫的工人所控制的印象。他们是在那里，湍流滩就在眼前，轰鸣不止。关键是自然力。靠右边，有一个超大的坑穴，约有五米深，几米宽，往里灌注的就是一个小型的尼亚加拉大瀑布——每秒有成吨的水往里灌。靠左边，坑穴往后，是一块巨大的岩石，在白浪冲击之下，魏然不动。高水位必然会淹没整个坑穴，也会没掉部分岩石，但今天远不是这么回事。

“桑德森，我们今天怎么过？”

桑德森说得非常缓慢，为了要盖过水流的隆隆声，他把声音提得很高。“我们要进入这个坑穴的 10%。太多，我们就会掉到坑里去，太少，我们又会撞到岩石上。”

“坑底是什么，桑德森？”

“是橡皮筏，”有人答道。

桑德森微笑了一下。

“桑德森，两年前发生的是怎么一回事？”

“噢，有人驾着橡胶充气浮艇过这湍流滩，浮艇被石头撞成两半。他的救生衣绞在了船索上，淹死了。”

“我们这个皮筏会怎么样？”

“这个，有些部分会打穿漏气。那我们就要在下游停下，把它缝起来。我们带了个充气泵。我们用尼龙线，用一个皮扎和一个弯针来缝，有时也用得上强力胶。”

“环保作家华莱士·斯特纳认为，由于格伦大坝，这条河已经死了，我不这样认为，”布劳尔说道，“看看这里，看看。我们一定要让它活着。一定要活着。没有其他选择。”

“我只想水再深一点的时候过湍流滩，”桑德森说着，似乎是他的第一次过滩。

“你如果能在这里等二十四小时，我来给你安排，”多米尼说道。

桑德森："还是走吧。"

我们回到皮筏，滑入河心。皮筏有些不稳，向湍流滩驶去。"喂，"多米尼叫道，"布劳尔人呢？喂！我们掉了一个人。队伍分开了。他不是也过滩吗？"船已荡出十多米远，布劳尔留在了岸上。多米尼还在继续嘟哝："呃，我发誓，发誓，他不跟我们过滩了。"鬼见愁湍流滩把我们越拉越近。

随着猛地一震，皮筏跌入水坑的边缘——天知道是百分之几——皮筏几乎一折为二。船头船尾现在几乎对折。河水劈头灌下。又是一个浪峰，再现那种跳格慢动作的情形。我们感受到的并不是速度，而是水的力量，压得人无法动弹，甚至无法估计到底有多大的水的力量，足可一下摧垮许多游人的水的力量：可是我们却毫发无损，因为我们是这力量的一部分，是皮筏的一部分，是河流的一部分。然后，我们从坑穴的另一端浮出水面，我们浑身湿透，但躲过了巨石的獠牙。

"户外运动的老大！"多米尼压着喉咙说道，"户外运动的老大！"他抖掉了他那鲍威尔湖帽里的水，"户外运动的老大穿着一件他妈的救生衣站在干燥的岸上！"

已在平静河段的皮筏驶向岸边，已经绕过湍流滩的布劳尔正站在岸边等着。

"看在上帝的分上，多米尼兄弟，不要多说了。"

"天哪，我都不敢想象，我做梦都不敢想象。一旦打仗他会怎么办？"

皮筏轻推靠岸。多米尼："布劳尔，怎么没跟大家一起过滩?"

布劳尔："我是个胆小鬼。"

《上塞拉山脉攀岩手册》(塞拉俱乐部 1954 年版) 列出了由布劳尔首先登顶的内华达州塞拉山脉地区的三十三座山峰。"箭头峰，1937 年 9 月 5 日由戴维·布劳尔和理查·雷奥德首次登顶……冰川峰，1939 年 5 月 28 日由拉菲·贝德扬、戴维·布劳尔和理查·雷奥德首次登顶……兄弟失散峰，1941 年 7 月 27 日由戴维·布劳尔首次登顶……"塞拉山区，所有高于海拔 4 200 米的山峰，布劳尔都上去过。有一回，他星夜启程，凌晨三时登上亭戴尔 (海拔 4 274 米)，清晨七时威廉圣 (海拔 4 384 米)，到中午，他已站在巴纳德峰巅 (海拔 4 268 米)。他在那里吃了午餐——坚果，葡萄干，杏果干——然后和衣而眠。他常常会去山顶上睡觉。他也会去找冰块，从花岗岩的缝隙中把它们一块块抠出来，吸吮着解渴。如果天气不错，他会在顶上花上一个半小时。"山顶可说是反绝景，"他这么说，"关键是上山。总有这样一个时刻，你感到大山已在掌控之中。你把诸多因素都一一考虑。在心中你已把路径记得滚瓜烂熟，翻来覆去。最终，还是要靠上帝的引导。山脉，说到底，是他创造的。这可是一个令人欣慰的省悟。如果这次你登不了顶，那你就得回去，再在心中慢慢琢磨。可能行，可能不行。几个月后，一年，或两年后，你再次启程。”当布劳尔试图在俜那克石峰阵国家纪念区攀登单块巨石巴斯克斯巨石时，像其他许多登山客一样，他没能成功。这块单块石的表面光滑得像打磨过一样，布劳尔甚至连地面都没离开。最终，有人想出了登山的办法，但是很可惜，当初的情况是，还是没人能登上山顶。布劳尔听说此事后，他在打字机上打出了一张说明是由他首次登顶巴斯克斯的字条，并把它塞入一截小铜管。在他的脑海里，他像带着地图一样能够看清前进的路径。他先来到俜那克石峰阵国家纪念区，然后动身攀登巴斯克斯巨石，没有丝毫停顿犹豫。在山顶上，他为那截小铜管堆起了一座石冢。在1939年，布劳尔有一次带队去登帆板岩，先前起码有十支登山队尝试过并都败下阵来。帆板岩海拔2 200米，在新墨西哥州的荒漠中，孤零零地矗立在那里，活像一个竖着的帆板。布劳尔对着帆板岩的照片已经研究了好几个月，并计划了一条复杂，看来又不实惠的路径——从一面往上四分之三，然后在背面往下走一长段山路，然后才从第三个方向，也是最后一面，登顶。这就是整个登山过程，自始至终，一气呵成。另一截铜管。“我喜爱山脉，我喜爱花岗岩。我特别喜爱塞拉山脉花岗岩的手感。攀登蔷莫哥勒斯峰时，那里花岗岩的触感就像约塞米蒂的花岗岩，十分自在。另一次，还是在塞拉山脉，那时还在学爬山，我当时攀爬在一条岩沟的石壁上，我把双手和一个膝盖放到了一块山石上。那块山石松动了，掉了下去。它掉下二十二米，砸得粉碎。我的一只手一下就往上弹了出去，就两个手指，我钩住了一块岩石边。我爬了上来。我坐在那块岩石上，想了好久。我怎么就那么蠢——把全身的重量压到同一块岩石上？我的内心，总有着要到上面去的冲动，我总想到顶上去看周围的景色。360度的景色不是常有的。我喜欢回想哪些地方我已到过，同时找出新的攀爬地点。”

250界碑。谈话的题目已经变成熔岩瀑了，虽然离此地还得有约四十公里的路程，经过鬼见愁后，这又是一个关头。在湍流滩的评级表上——每个人手里都拿着一份正在仔细研读——等级有“微波”，“大浪”再到“不推荐”。鬼见愁，杜本道夫属于“大浪”级的。在“不推荐”一栏中，只有一个湍流滩：熔岩瀑。

“桑德森，评级对吗？”

桑德森乐得咧嘴而笑，他说话的语调如此缓慢，似乎沉浸在回忆之中：“和它相比，其他不过是些儿孙辈，”他继续，“落差很大，还有许多滑石，几个像鬼见愁一样的坑穴。真的要仔细盯着湍流滩看，那些坑穴会移动。”

在一片平静的汇流处，皮筏靠到了一大块突出的悬崖下。熔岩瀑的话题歇了下来。四十公里可是很长的一段水路。从一条穿透整个悬崖的裂缝中潺潺流出一股不大的呈淡绿色的泉流，汇入大河。缝隙不大，泉流似乎直接从砂岩中流出来的。实际上，它已在悬崖中绕行一长段距离，不为人见罢了。泉水清澈，在深暗的科罗拉多河中，宛如一眼淡绿的水井。大河虽然不再是混裹着那么多砂石的老红河，但河里的沙土量足以使它水体浑浊。小溪水底的卵石清晰可见，并为水流所放大。布劳尔："游上一段，看看到底是哪里来的。"

布劳尔和我登上悬崖，溯流探索。不大的水流在岩石间绕行后，深不过一米而已。水质是难得的清澈，我选择游泳。皮肤有点冷，不过总该有二十四度了。还是比空气要冷。山崖上，光线昏暗，流水的回声隆隆不绝。往右转，往左，再往右，左——这个有着一泉清流的巨石迷宫，无论源头何在，本身就值得一游。不过，绕过了这段，前面更是令人屏气敛神。两边的石壁豁然开朗，进入一连串的小瀑布，再往上，水色涟涟，来到更为宽阔的山谷，溪流在其中，形成梯田般的阶梯，河塘接着水帘。有些水帘瀑不过半米光景，也有些一米、一米半的。它们连串连片。那些河塘可深达三米，在水帘的冲灌激荡下，一池漪澜。围绕在漫水中心外的池水是蔚蓝色的，一圈圈往外，慢慢转为淡绿。这，就是哈瓦苏峡谷，哈瓦苏族自远古而来的家园。哈瓦苏的意思是"蓝绿水畔的族民"。我们从一个水塘攀入另一个水塘，再游到尽头处，任由瀑布冲刷我们的肩膀。一里又一里，池塘、水帘环环相扣，无穷无尽。沿岸山谷的崖壁红得透亮。由山顶而下，三分之二的山坡一片砾石，寸草不生；其下，生命才慢慢萌发，仙人掌，刺梨，星星点点。海拔越低，仙人掌渐渐浓密，阴影下，水生植物始得繁荣。水柳，红棉，猫尾草，水葫芦，渐渐连成一片。哈瓦苏族人在此地已生活了成百上千，甚至是上万年，他们的人口仍保持着大致的稳定。大约有两百来人。在冬季，他们采集峡谷中的坚果，到夏季，他们在峡谷中种植菜蔬。他们的生活地点，大概从科罗拉多河算起沿哈瓦苏溪往山上二十公里。蓝绿池塘旁的山岩，长满了青苔。这些青苔柔软细密，踏在脚下，有如丝绒地毯。水平面下，也有青苔生长，上面沉淀着钙灰，一如珊瑚。溪流钙质丰富，而这正是哈瓦苏峡谷巧夺天工之美的物理来源。这些钙灰——结晶碳酸钙，形成并维护着这片池塘、瀑布，生生不息。在每个台阶的边缘处，钙灰形成自然围堰。一级级的围堰阻止了溪水向山坡低处自由流淌。围堰透着灰白，十分对称，媲美细石匠的精致手工。它们大多是半米到一米高，带着斜度。它们顶面光滑平整，约十厘米厚的堰壁仿佛都用尺量过。布劳尔在观察两边的红色崖岩。他坐在围堰上，脚浸在水中。我坐在他的下面，在绿水区中划着水。他说："如果这儿有个哈瓦苏大坝，或造一个起来，你刚才游泳的地方可就是在水平面三十米以下了。"该回科罗拉多河了。我游向围堰边，跳入下面的一个池塘，再游向下一个。游泳，跳水，再游，再跳——足足四公里。十分尽兴。多米尼已经等在了下面。"的确山清水秀，"他说，"我知道这片土地上的每一条河谷，这是大西部最美的河谷。"

275界碑。在一个叫做通道峡的小湍流滩，我们停了下来，从船上搬下各类用具，准备享用我们的餐前酒。布劳尔在听不到我们说话的远处。多米尼再次问我："布劳尔在战争中是干什么的?"

我告诉他我所了解的——布劳尔在西弗吉尼亚和科罗拉多训练部队的攀爬技能，然后跟着第10山地旅进入意大利，并在那儿得到了铜星勋章。

多米尼审视着河流。布劳尔踱到水边，用塞拉俱乐部的水杯舀水。他会往水里加些威士忌。"流水的声音令人心旷神怡，"多米尼对着他说，"流水或瀑布的声音，最能令人舒缓下来。"

"河流总是在自言自语，多米尼兄弟。那些小漩涡，那些孔隙，那些泉眼——它们都在叙说。"

"我其实也喜欢奔腾的河水。这些年来，在大西部也跑了不少地方，最喜欢的地方就是那些有很大落差的河流了。"

一边品着酒，布劳尔告诉他："这趟旅行使我改变了想法。我不支持水坝，但我支持多米尼。我能够体会你对于局里意味着什么。我担心的是，你离开后他们怎么办。"

"没人能说我没把自己的真实想法告诉别人。"

"确实没有。至少我没听说，多米尼兄弟。"

"其实，我得说，我也没听说过对你的不同看法，布劳尔兄弟。"

"我得说这次旅行我收获最大。"

“你这家伙，你是，看你这一身白肉。”

多米尼从塞拉俱乐部水杯中倒出最后的一点酒。那瓶威士忌已经空了。多米尼走去他的皮箱取出了另一瓶，这是一瓶波旁金酒。多米尼是波旁威士忌的忠实拥趸。几周前，在他的弗吉尼亚的农场里，他用盘尼西林、浓缩牛奶和波旁金酒的针剂作皮下注射，救活了一头生病的牛犊。布劳尔说他不相信盘尼西林。

“说真的，布劳尔，我乐意和你一块旅游，任何时间，任何去处。”

“谢谢，”布劳尔含糊地低声应了下。

“直到目前，布劳尔，你我是互有输赢——输赢，输赢，互有输赢。见鬼，布劳尔做的都是对的——今晚是如此。布劳尔，我们也算是不打不相识，你得来我家的圣那多农场看看。”

“好。”

要想看一看大河的全景，多米尼戴上了布劳尔的眼镜。布劳尔的眼镜是旧金山伍尔沃斯百货大卖场的大路货，是22号的。多米尼把地图卷开到鬼见愁湍流滩。

“你怎么没过呢，伙计？”

“我是个胆小鬼。”

“你会过熔岩瀑吗？”

“不。”

“真的不去？”

“真的不去。我走路。”

从我们坐的地方往上游看，我们看到约莫两公里的笔直河道，两旁高高的山崖夹立。而下游，则是一片石滩。多米尼审视着眼前的景致，说道："如果哈瓦苏大坝建起来的话，湖面要一直延伸到这里。"

"是，大约五十米深，"布劳尔评了一句。

"会很好看的，并且，和鲍威尔湖一样，对社会的方方面面都有利。"

"对这点有不同看法，我就是，我想我会至死不改的，多米尼。鲍威尔湖其实就是个飙船的地方。就是那些不肯动，只想享现成的人。格伦峡谷的魅力不复存在。它已被庸俗化了。在荒漠里大教堂里放水，无异于向圣彼得教堂的密室撒尿。我希望这里不要再发生了。"

"你看，布劳尔。我可不是住在那些混蛋公寓里的人，我可不是在混蛋城市里长大的。不要对我胡诌，好像只有你一个人懂。我比你要更环保，远比你环保。我干事。我让大家都能来。不加管理，科罗拉多河对什么人都他妈的一钱不值。你们这帮环保主义者都搞假的户外运动。我再也受不了这种压力集团式的民主政治。我实在是受够了。我就敢站出来和你们这种混球斗。你们是一群骗子。真的要辩论起来，你们只会卑躬屈膝。这就是我要拍照片的道理。你在误导公众这里会发生什么事。你造成一种假象，似乎整个大峡谷都要被水库没掉一样。煽动就是你的手法。你们这帮人从来不敢他妈的光明正大面对面地干一场。"

"我不希望事情变得这样，多米尼，不过你错了。"

“你想把这块地方原封不动地保留下来，就一部分人能用?”

“不错，我是。哈瓦苏大坝没必要。水对你根本没用。”

“我们要的是水动能，可是这个水库是科罗拉多河协议总体蓄水计划的一部分。”

“西奈山谈判时，就没什么科罗拉多河协议记录。哈瓦苏大坝没必要，格伦峡谷也没必要。格伦大坝就是为了洛杉矶造的。”

“能相信这种说法，你真是太有才了。”

“不相信这种说法，你才真是太有才了。”

“看在上帝的分上，客观一点，布劳尔，讲点道理。”

“我的有些同事想讲道理而犯了大错，多米尼。今天的美国，客观才是最大的威胁。”

285 界碑，上午 9 点 45 分。河水已是相当深了，清澈而安宁，是被湍流滩挡住的。熔岩瀑还在前面三公里处，不过，皮艇早已进入了它的静水区了。

“暴风雨前的平静，”布劳尔说道。

两边峡谷的崖壁都是火山熔岩的黑色——熔岩流，熔岩梯，熔岩坝。当初，熔岩就是从这一段倾入河流的。当时河流早已存在，一如今日。峡谷也早被冲割成形了。火山不过是相对较近的事。熔岩从河床涌起，从崖壁爆出，甚至从山巅泻下。科罗拉多河被冲得直上云霄。然后，熔岩固化，形成今日的坝堰，抬水至上游三百公里。

“今天，大峡谷如果再来一次熔岩流，布劳尔及其自然爱好者的叫好声大约能响彻云天，”多米尼对着整船的人说，“但是，如果由人工来造一个大坝，把水和能源运送给他人，这就是亵渎。是不是这个说法，布劳尔？说实话。”

“第四纪的熔岩坝终究是由于大河而崩裂。科罗拉多河对所有已建及将建的多米尼大坝也会比照处理。它会把它们通通抹平，恢复原样，照常流淌。但到了那时，我们的文明，和其他几个文明，大概都消失殆尽了。”

我们驶过屹立在河中央的巨大黑石。八十年来，人们都叫它黑人头。它其实是火山颈，现在成为火山塞。我们还有一点五公里而已。布劳尔谈起了崖壁上的水晶石如何在晨曦中熠熠闪光，以及玄武岩的石柱。再没人接什么口。所有的笑话都已被炒过一遍。大家都在等。首先我们等到的是声音。雄浑厚重，如擂响的巨鼓，声音很快就充满整个峡谷。这里的河水呈暗绿的草色。五百米。这就是熔岩瀑。当然，这只是一片湍流滩，算不上真正的瀑布。根本没有平缓的边沿。在这个位置，我们所能看到的像是一堵刷了白粉的水墙。

皮筏靠上岸边。桑德森跳上岸去检查湍流滩，我们也随后跟去。我们都站在一块黑色的大岩石上，看着河水，听着隆隆的水声。到处都是。从岸边到对岸，水中布满庞大的滑石。河水不顾一切地冲向巨石，激射出漫天的浪花，很快掉头向下，全力砸向弹坑般的水坑。水在坑中形成漩涡，然后奋力弹出，再与由上砸下的水柱迎头相撞。比起北美的其他湍流滩，这里的水更深，崖更陡。落差是惊人的——九十米内下落八米——不过这只不过是问题的一半。大河对岸，黑岩相夹有如煤槽的展望溪，已经向这里铲下了足以挡住六条大河的石块，这才形成了科罗拉多河之滩，卓尔不群的熔岩湍流滩。

多米尼一踏上水中的礁石来到熔岩瀑身旁，立刻高声大叫："嘿，这个狗娘养的！快看这些岩石！看，那边的水坑！上帝！还有这儿！"

布劳尔说："看看水是如何打旋的，它们是活的！"

那个物理教师也在说："嘿，这真能把人撕成两半。"

布劳尔："没几个过去，都沉了。"

多米尼："如果我是桑德森，我就先往左冲，再想办法往右靠。"

岸边伸出的熔岩石峥嵘嶙峋，特别是右边，还有一块巨大的滑石，活像一把刀刃。布劳尔说道："我会选择右进左出。"

我的观点是，河流本身会替我们拿主意。我问桑德森他准备怎样对付这种情况。

"只有一条路，"他说，"往右走。"

皮艇小心翼翼地滑向河中，转过头，向白墙驶去。一百米。七十米。五十米。说起来有点怪，我真是没注意到布劳尔其实是在船上。而且，他就坐在我的旁边。他两腿紧绷，双手紧紧抓住保险索，那只塞拉俱乐部的水杯挂在了皮带上。他的颈脖僵直，下颌前突。他的双眼目不转睛地盯着水面。

从衬衫袋中，多米尼掏出了一根雪茄。他点着了火，深深地吸了一口。我们大概还有十五秒的时间。他开口了："我可能会把烟咬断，看看能不能忍住。"皮艇冲进熔岩滩。

河水涌起，挤向右边的滑石，形成一道水障，皮筏笔直地冲了过去。但是那道水墙是这么厚实，就像码头上的橡胶防撞圈，小船弹了回来，一下推向左边的陨石坑地形。皮筏几乎首尾对折，又一下弹开，再剧烈抖动着向前。尾挂机——我们的所谓动力——放空了，在半空尖叫。成吨的河水在船底顶托，左推右挤，迎头灌下。感觉十分奇妙。它把我们浇得湿透，砸得我们浑身生疼，又把我们顶出水面，把我们推向湍流滩的滩底。

有一段时间，我们一声不吭坐着，往回看着。过了一会，布劳尔开口了："熔岩滩将在多米尼湖的水下七十米。"

多米尼一声不吭。他坐在那里，用力吸着那根湿透了的雪茄。十分钟后，在干燥炎热的亚利桑那天空下，他划着一根火柴，再次点着了雪茄。

图书在版编目(CIP)数据

与荒原同行/(美)麦克菲(McPhee, J.)著;岳韦译.—上海:上海译文出版社,2015.3(2022.5 重印)
(译文纪实)
书名原文:Encounters with the Archdruid
ISBN 978-7-5327-6855-4

Ⅰ.①与… Ⅱ.①麦…②岳… Ⅲ.①纪实文学—美国—现代 Ⅳ.①I712.55

中国版本图书馆 CIP 数据核字(2014)第 294069 号

图字:09-2014-337 号

与荒原同行
〔美〕约翰·麦克菲 著 岳韦 译
责任编辑/张吉人 装帧设计/邵旻 未氓设计工作室

上海译文出版社有限公司出版、发行
网址:www.yiwen.com.cn
201101 上海市闵行区号景路159弄B座
启东市人民印刷有限公司印刷

开本 890×1240 1/32 印张 7 插页 2 字数 117,000
2015 年 3 月第 1 版 2022 年 5 月第 4 次印刷
印数:11,001—12,000 册

ISBN 978-7-5327-6855-4/I·4148
定价:39.00 元